쥐를 잡자

(주)푸른책들은 도서 판매 수익금의 일부를 초록우산 어린이재단에 기부하여 어린이들을 위한 사랑 나눔에 동참합니다.

푸른도서관 18

쥐를 잡자

초판 1쇄/2007년 6월 30일
초판 9쇄/2020년 5월 15일

지은이/임태희
펴낸이/신형건
펴낸곳/(주)푸른책들
등록/제321-2008-00155호
주소/서울 서초구 양재천로7길 16 푸르니빌딩 (우)06754
전화/02-581-0334~5 팩스/02-582-0648
이메일/prooni@prooni.com 홈페이지/www.prooni.com
인스타그램/@proonibook 블로그/blog.naver.com/proonibook

글 ⓒ 임태희, 2007

ISBN 978-89-5798-111-5 03810

이 도서의 국립중앙도서관 출판시도서목록(CIP)은 e-CIP 홈페이지
(http://www.nl.go.kr/ecip)에서 이용하실 수 있습니다.
(CIP제어번호:CIP2007001616)

● 제4회 푸른문학상 수상작 ●

[쥐]를 잡자

임태희 지음

푸른책들

차례

쥐를 잡자~ 쥐를 잡자~

쥐, 를, 잡, 자.

쥐를, 잡자.

쥐를 잡자.

····

···

··

·

몇 마리?

제1부

어디에나 쥐가 있다

1

갉작갉작갉작…….

또다. 또 그 소리다. 살갗이 날카롭게 곤두선다.

"이게 무슨 소리지?"

분필을 잡은 손을 멈추고 묻는다.

아이들은 한결같이 어리둥절한 표정이다.

"뭔가 긁히는 소리가 자꾸 들리는데……."

나는 자신이 없어져 얼버무린다.

아이들은 한심하다는 듯이 나를 쳐다본다. 그까짓 일로
관심을 끌어 보려 해도 소용 없다는 투다.

내 귀가 잘못된 걸까.

……갉작갉작갉작…….

'소름 끼쳐!'

몸서리를 친다. 분명히 들린다.

나는 태연히 앉아 있는 아이들을 바라본다.

'너희들은 이 소리가 안 들린단 말이니?'

아이들에게 필기를 시키고 교실을 한 바퀴 돌아본다.

내가 지나갈 때마다 내 뒤에선 쪽지가 휙휙 오간다. 킬킬대는 소리도 그림자처럼 내 뒤를 따라붙는다. 홱! 하고 뒤를 돌아보면 순식간에 털어 낼 수 있겠지만 눈을 마주칠 자신이 없다.

나는 교실 뒤 사물함 앞에서 우뚝 멈춰 선다.

'바로 여기다! 소리의 진원지.'

하지만 마흔일곱 개의 철문이 내 앞에 꼭꼭 닫혀 있다. 마흔일곱 개의 자물쇠가 그 앞에 대롱대롱 버티고 있다.

"최 선생, 어림없소. 으하핫!"

꼭 그렇게 말하는 것 같다.

나는 손바닥으로 철문 앞 허공을 쓰다듬는다. 손바닥이 감지기라도 되는 듯이. 그러다 어느 사물함 앞에서 손이 머무른다. 꼼짝도 할 수 없다. 사물함 안에 든 무언가가 내 손바닥을 잡아당긴다.

나는 그 사물함을 자세히 살펴보았다. 유독 깨끗하다. 잡지에서 오려 낸 연예인 사진도 안 붙어 있고, 그 흔한 낙서도 없고, 칠이 벗겨지지도 않았다. 이름표마저 안 붙어 있다.

"이게 누구 사물함이지?"

내가 뒤돌아 묻자 후닥닥 책상 위로 코를 박는 아이들…….

아무도 입을 열지 않는다. 바로 옆 사물함을 쓰는 아이들은 알 텐데도 대답을 안 한다.

갑자기 머리가 뜨거워진다. 예상했던 바지만 그래도 무안하다. 상대하기조차 싫다는 건가.

수업이 끝나는 것을 알리는 종이 울렸다.

결국 그 사물함의 주인을 알아 내지 못했다.

아이들의 눈길이 일제히 나한테 쏠린다. 항의하는 듯한 눈길. 어서 교실에서 나가 주어야 한다. 나는 도망치듯 교실을 빠져 나온다.

점심 시간. 교직원 식당에서 김 선생과 함께 밥을 먹었다.

"최 선생, 우습지 않아요?"

김 선생이 멀건 국물을 뒤적이며 말했다.

"뭐가요?"

"왜, 아이들은 교직원 식당이라고 하면 메뉴가 고급스러울 거라고 생각하잖아요. 하지만 테이블 사이 간격이 넓을 뿐, 음식은 똑같죠. 최 선생은 나보다 늦게 왔으니 모르죠? 교직원 식당을 따로 만든다고 했을 때 난 반대했어요. 학생과 교사 사이에 벽만 높이는 꼴이 될 거라고요."

　나는 흐릿하게 웃으며 밥 한 숟갈을 입에 넣었다. 김 선생은 그런 나를 보고 어깨를 한 번 으쓱하더니 말없이 밥을 먹었다.

　김 선생과 나는 통하는 점이 많았다. 올해가 선생이 된 첫 해였고, 첫 부임지로 이 고등학교에 배정받았다. 또 둘 다 1학년 담임을 맡고 있었다. 김 선생네 반과 우리 반은 같은 층에 화장실을 사이에 두고 나란히 붙어 있었는데, 김 선생네 반인 5반까지가 남학생 반이었고 우리 6반부터가 여학생 반이었다.

　우린 나이 차이도 많이 나지 않았다. 이 학교 교사들 중엔 내가 가장 젊었고 다음이 나보다 두 살 많은 김 선생이다. 그 다음은 나보다 여덟 살이나 많은 장 선생이었는데 남자인데다가 교무부장을 맡고 있어서 아무래도 대하기가 불편했다. 나와 김 선생은 가까워질 수밖에 없었다.

　우리는 식사를 마치고 봄 햇살을 쬐러 건물 밖으로 나왔다. 건물 앞에 잘 가꾸어진 화단을 따라 거닐다 작은 연못이 있는 곳으로 들어갔다. 판판한 돌이 많아 앉아서 노닥거리기에 좋은 장소였다. 거기엔 교복을 입은 남녀 한 쌍이 이미 한 자리를 차지하고 있었다. 우린 그들을 보고 잠시 멈칫했지만 거리낌없이 옆으로 가서 앉았다. 다른 선생이라면 몰라도 나나 김 선생은 그들을 나무라거나 방해할 생각이 없었다. 하지만 그들은 우리를 흘끔거리며 뭐라고 속닥거리더니 연못에서 멀리멀리 달아나 버렸다. 마음이 편치 않았다.

김 선생은 주변을 둘러보고 아무도 없는 것을 확인하고는 담배를 꺼내 물었다.

"뭐라고 할 수도 없어요. 나도 저맘땐 죽어라 선생들 미워했으니까."

나는 연못 속을 들여다보았다. 노란 붕어 한 마리가 짙은 초록빛 물 밑에 가라앉아 꿈쩍도 않고 있었다. 주머니에서 땅콩 부스러기를 꺼내 연못에 뿌리자 붕어는 느릿느릿 떠올라 커다란 주둥이를 뻐끔거렸다.

"'지랄 담탱이' 래요."

김 선생이 한숨처럼 말했다.

"네?"

내가 놀란 얼굴로 묻자 김 선생의 콧구멍에서 하얀 담배 연기가 길게 뿜어져 나왔다.

"우리 반 애들이 만든 사이트예요. 왜, 있잖아요. 연예인 안티 사이트처럼. 학기 시작한 지 얼마나 됐다고 벌써부터 애들한테 찍혀서…… 하여튼 앞길이 까마득하네요."

"아……. 저도 그런 거 있어요."

나는 김 선생의 하소연을 멍하니 듣고 있다가 느릿느릿 말했다.

이미 알고 있다. 나를 욕하는 목적으로 만들어진 인터넷 카페가 있다는 걸. 우리 반 아이들 절반 정도가 거기에 가입했다는 것도 다 알고 있다. 그리고 우리 반 누군가의 사물함 안에 쥐가 있다는 것도.

그 날 종례 시간이 끝나고 나는 출석부를 복사해 왔다. 아이들의 이름을 아직 다 외우지 못한 상태였다.

사물함에 적힌 이름과 출석부 이름을 대조해 이름을 하나씩 지워 나갔다. 마침내 지워지지 않은 이름이 딱 하나 남았다.

진주홍.

그 이름 옆에는 붉은색으로 '결석' 표시가 되어 있었다.

그 날 아침에, 주홍이가 오지 않은 것을 알고 나는 주홍이네로 전화를 걸었다. 주홍이 어머니가 전화를 받았다. 주홍이가 학교에 오지 않았다고 하자 주홍이 어머니는 이렇게 말했다.

"그래요?"

그게 전부였다. 그마저도 무덤덤한 말투로…….

나는 붕어처럼 입만 벙긋거리다가 황급히 전화를 끊었다. 학부형에게 전화를 건 것은 처음인데다가 전혀 예상하지 못한 반응이었기 때문에 무척 당황스러웠다.

주홍이 어머니는 미술대학 조소과 강사였다. 지난 주에 돌린 가정환경조사서를 보고 안 것이었다. 주홍이네 가족은 어머니가 전부였다. 나머지는 새하얀 빈칸. 주홍이의 성은 어머니에게서 물려받은 것이었다.

'주홍이는 알고 있을까? 제 사물함에 쥐가 있다는 것을.'

그 날은 그렇게 넘어갔다.

우르르 쿠당탕! 찍! 찍찍!

오늘도 쥐가 날뛴다. 녀석은 어제보다 한층 드세어졌다. 하루 사이에 그 안에서 자랐는지 발소리도 제법 묵직하게 들렸다. 그러나 아무도 쥐에 대해서 불평하지 않는다. 차라리 잘 된 일인지도 모른다. 누군가,

"선생님, 사물함 안에 쥐가 있는 것 같아요."

라고 말한다면 그 땐 어떻게 해야 한단 말인가. 사물함을

열어 볼 용기가 있는가? 쥐를 맞닥뜨릴 자신이 있는가?

없다. 나는 모른 척한다.

갉작갉작갉작…….

쥐가 내 머리를 갉는 것 같은 기분이다. 사물함 안에 있는 쥐에 대한 지침 같은 건 왜 없는 걸까.

나는 주홍이를 바라본다. 어제 학교에 오지 않고 어디서 무얼 했던 걸까. 주홍이는 수업 시간 내내 책상 위에 엎드려 자신의 배를 끌어안고 있었다. 나는 주홍이의 이마에 손을 얹어 보려고 했지만 주홍이는 사람을 경계하는 어린 동물처럼 내 손을 본능적으로 피했다.

"정말 아무 소리도 안 들리니?"

수업이 끝날 즈음 나는 아이들에게 다시 한 번 물었다.

아이들의 얼굴은 '대체 무슨 소리요?' 하고 강하게 되묻고 있었다. 나는 무안해져서 얼른 그 자리를 피했다.

종례 시간에도 주홍이는 같은 자세로 엎드려 있었다.

"교무실로 잠깐 내려오렴."

종례를 마치고 주홍이의 어깨를 지그시 누르며 속삭였다. 그 말을 하면서 얼마나 떨었는지 모른다. 선생이 되고 첫 개인 면담이었다.

나는 주홍이를 앞에 앉혀놓고 펜만 만지작거렸다. 어쩌다 눈이 마주치면 누가 먼저랄 것도 없이 서로 피해 버렸다.

"왜 어제 학교에 나오지 않았니?"

한심하게 내 목소리는 떨리고 있었다. 나는 차를 한 모금 마시고는 목을 가다듬었다.

어렵사리 꺼낸 말이었지만 주홍이는 대답하지 않았다. 두 팔로 자신의 배를 감싸안고 있을 뿐. 주홍이가 팔을 거두지 않으면 나와 주홍이 사이는 한 걸음도 가까워질 수 없을 것 같았다.

"배가 아프니?"

내가 주홍이의 팔을 배에서 떼어 내려 하자, 주홍이는 손으로 내 손을 탁 치며 물러앉았다. 주홍이는 숨을 거칠게 몰아쉬며 식은땀을 흘렸다.

마음을 닫아 버린 아이. 다가갈 수 없다.

나는 화제를 다른 곳으로 돌려 보려 했다.

"있지…… 우리 반 사물함 어딘가에 쥐가 있는 것 같아."

주홍이는 '쥐' 란 말에 흠칫 놀라는 눈치였다.

"최근에 네 사물함 열어 본 적 있니?"

나는 조심스럽게 물었다.

주홍이는 세차게 도리질을 하며 벌떡 일어나더니 교무실 밖으로 뛰쳐나가 버렸다.

"쥐라니? 최 선생네 반에 쥐가 나와요?"

옆 책상에 앉아 귀를 쫑긋 세우고 있던 김 선생이 눈을 화등잔만 하게 뜨고는 물었다.

"글쎄……. 잘 모르겠어요. 저만 그렇게 생각하는 것 같아서……."

나는 흐릿하게 웃으며 얼버무렸다.

2

대리석 덩이가 집으로 배달되었다. 가로 1m, 세로 0.5m, 높이 1.5m짜리 검은 돌덩이로, 사람 크기만 하다.

배달 기사는 지하 작업실로 돌덩이를 옮겨 놓고 땀을 훔쳤다. 나는 언제나 같은 회사에서 대리석을 주문하기 때문에 이 기사와도 안면이 있었다.

기사는 내가 건넨 물을 마시다 말고 영 찝찝하다는 표정을 짓는다.

"교수님, 시원한 물은 없나요?"

"냉장고에 약간 문제가 있어서요. 저도 벌써 며칠 째 시원한 물을 못 마시고 있어요."

"아이고! 답답해서 어떻게 사신데요. 빨리 고치셔야 되겠네요."

기사는 진심어린 말투로 걱정을 해 주고는 트럭을 몰고 갔다.

나는 지하실 바닥에 락스물을 풀어 기사가 밟고 지나간 자리를 청소했다. 그리고 기사의 손이 닿은 대리석덩이는 묽은 세정제로 말끔히 닦아 냈다. 기사가 마신 물컵은 주방으로 가지고 올라갔다. 고무장갑을 끼고 물컵에 비누질을 꼼꼼히 한 다음 꽤 오랜 시간 흐르는 물에 씻었다. 특히 입이 닿았던 자리와 손잡이 부분은 세 번, 네 번 빡빡 문질러 닦았다. 다 닦은 컵을 소독기에 넣으려다가 잠시 고민에 빠졌다. 결국 난 물컵을 버리는 쪽을 선택했다. 소독기가 오염될까 두려웠다. 물컵을 쓰레기통에 던져 넣고 샤워를 한 다음 새 수건을 꺼내 몸을 닦았다. 수건과 벗어 놓은 옷은 빨래통에 집어 넣었다.

시계를 보니 기사가 간 지 한 시간이 지나 있었다.

"휴⋯⋯."

새 옷으로 갈아 입자 그제야 한숨이 나왔다. 일을 모두 마칠 때까지 나는 숨을 아주아주 얕게 쉬었다. 밖에서 들어온 더러움에 오염될까 봐 마음이 조마조마했기 때문이다.

나는 찬장에서 내 컵을 꺼내 식탁 위에 있던 미적지근한 생수를 따라 마셨다. 그러곤 양 손을 허리에 얹고 냉장고에서 들리는 소리에 귀를 기울였다.

사실 냉장고 자체엔 아무 문제도 없었다. 지금도 위잉- 소리를 내며 잘만 돌아가고 있다. 하지만 시원한 물을 마시지 못하고 있다는 말은 참말이었다. 며칠 째 냉장고 문을 열어 볼 엄두도 내지 못했기 때문이다.

우리 집 냉장고엔 쥐가 있다. 어떻게 그 안으로 들어가게 되었는지는 모르지만 쥐는 분명 그 안에 있다. 처음 며칠간은 추위에 적응을 못해서인지 녀석이 아주 잠잠했다. 그래도 난 녀석의 존재를 느낄 수 있었고 그 날부터 냉장고 문을 열지 않기로 했다. 현명한 생각이었다.

딸아이에게도 주의를 주었다. 딸애는 올해 고등학교에 입학했는데, '쥐' 란 말에 어린아이처럼 잔뜩 겁에 질린 표정으로 냉장고에서 두어 발짝 물러섰다. 그리고는 냉장고 근처엔 얼씬도 안 했다.

쥐는 차츰 추위에 익숙해지면서 냉장고 안에 있는 음식을 게걸스레 먹어 치웠다. 녀석이 쩝쩝거리는 소리가 한 층 아래에 있는 지하 작업실까지 또렷하게 들릴 정도였다.

작업실엔 창이 없어서 순전히 감으로 시간을 가늠해야 했다. 그 곳에선 현실과 완벽하게 분리되어 오로지 조각을 하고 있는 나만 생각할 수 있었다. 하지만 나는 거기서 지난 며칠 동안 녀석을 죽일 궁리만 했다.

1. 냉장고 문을 열고 재빨리 덫을 던져 넣은 다음 다시 문을 닫는다?
2. 드릴로 냉장고 문에 작은 구멍을 뚫고 쥐약을 넣는다?
3. 냉장고 온도를 최대한 낮춰서 얼려 죽인다?

그러나 오래 고민할 필요는 없었다. 곰곰이 생각해 보니 내 손을 더럽히지 않아도 녀석 스스로 죽어 줄 터였다. 냉장고 안에 있는 음식을 모두 먹고 나면 녀석은 서서히 굶어 죽을 것이다. 그 땐 냉장고를 통째로 버려야 할지도 모르겠다. 굶어 죽은 쥐의 차디찬 시체와 쥐똥이 나뒹구는 냉장고는 암만 깨끗이 청소해 봤자 다시 쓰고 싶은 마음이 들지 않을 게 뻔했다.

나는 작업복으로 갈아 입고 지하 작업실로 내려갔다.

공기청정기를 작동시키고 작업대 서랍에서 마스크와 장갑을 꺼내 착용하고 나서야 작업을 시작할 수 있었다.

나는 장갑 낀 손으로 매끈매끈한 대리석 표면을 쓰다듬었다. 울퉁불퉁하게 물결무늬가 나 있었다.

"마치 검은 휘장 같아. 휘장 속엔 무엇이 숨어 있을까?"

나는 조각을 하기 전에 곧잘 이런 식으로 나 자신과 대화를 나누곤 한다. 나는 기대에 부풀어 손으로 그 휘장을 젖히는 시늉을 했다. 그러자 검은색보다도 훨씬 더 시커먼 저승사자가 돌 밖으로 뚜벅뚜벅 걸어 나왔다.

"으…… 으아악!"

나는 몸서리를 치며 비명을 질렀다.

그 때 위층 거실에서 전화벨이 울렸다.

저승사자는 휘장 속으로 스멀스멀 도로 숨어들었다.

나는 위층으로 뛰어올라가 전화를 받았다. 딸아이의 담임선생이었다. 앳된 목소리가 이십대 중반을 갓 넘긴 것 같았다.

"오늘 주홍이가 학교에 오지 않았습니다."

국어책을 읽는 듯 미숙한 목소리. 그녀는 객관적인 사실을 담백하게 전달하고 있었다.

'내 딸아이가 학교에 가지 않았다.'

평소 같으면 몰라도, 그 때 난 그녀가 내게 무얼 원하는지 파악하기 힘들었다. 나는 저승사자의 오싹한 손길에서 아직 완전히 벗어나지 못한 상태였기에……

"그래요?"

나중에야 든 생각이지만, 담임선생은 주홍이가 학교에 오지 않은 이유를 알고 싶어했던 것 같다.

그걸 깨달았을 때 나는 곧장 다시 학교로 전화를 걸었다. 물론 나도 주홍이가 결석한 이유는 모르지만 내 성의 없는 대꾸에 담임선생이 얼마나 무안했을까 마음이 쓰여서였다. 하지만 우린 조금 엇나갔다. 내가 전화했을 땐 담임선생이 퇴근한 다음이었다.

나는 다시 작업실로 내려가 돌덩이 앞에 앉았다. 그리고 저승사자가 아닌 다른 것을 상상하려 애쓰며 시간을 보냈다. 딸아이 일에 대해선 까맣게 잊고 말았다.

별 소득 없는 공상만 잔뜩 한 뒤에 터덜터덜 위층으로 올라가 보니, 거실에서 딸아이가 교복도 갈아 입지 않은 채 태연히 만화영화를 보고 있었다. 24시간 만화영화만 내보

내는 위성방송 채널이었다. 워낙 익숙한 광경이라서 하마 터면 딸아이가 오늘 결석했다는 사실을 깜빡할 뻔했다.

"손 씻었어요. 그러니까 리모컨은 안전해요. 내가 앉은 자리는 이따가 닦을 거고요."

딸아이는 TV에서 눈을 떼지 않고 재빨리 웅얼거렸다. (딸아이 입엔 밖에서 사 들고온 딸기 우유가 물려 있었다.)

시계를 보니 11시가 조금 넘은 시간이었다.

"오늘 학교 안 갔다며?"

내가 힘없이 물었다.

"엄마, 냉장고에 정말로 쥐가 있는 걸까?"

딸아이는 못 들은 척 TV만 계속 보다가 대뜸 물었다. 꽤 진지했다. 나는 화를 낼까 하다가 그러지 않기로 했다. 나를 실망시킬 대답이라면 차라리 이런 엉뚱한 물음을 하는 게 나았다. 두렵다.

"……확실히 있어."

나는 일부러 한 마디 한 마디에 힘 주어 말했다.

딸아이는 지하실에 있는 돌덩이처럼 어두운 얼굴을 하고 이층 자기 방으로 올라갔다.

나는 물티슈로 딸아이가 앉았던 자리를 닦았다. 물티슈 한 통을 다 쓰고 말았다.

그 때 집 안 어딘가에서 찍찍거리는 소리가 언뜻 들렸다. 등골이 오싹했다. 아무래도 그 쥐는 내가 아는 쥐 같았다.

'아니야! 그럴 리 없어. 그 쥐는 이미 오래 전에 죽었어!'

나는 쓰러지듯 소파에 주저앉아 두 팔로 배를 단단히 끌어안았다. 온몸에서 열이 났다. 목구멍으로 뜨거운 숨을 학학 토했다.

3
—

쥐.

야행성. 잡식성. 흑사병. 포유류……

강한 번식력. 임신 기간이 짧고, 출산 횟수나 한 배에 낳는 새끼 수가 많음. 전세계에 약 팔천억 마리가 퍼져 있음.

천장, 부엌, 다락, 창고, 벽, 시궁창 등에서 주로 살며, 민첩함.

사람으로 둔갑한 쥐 이야기.

이것이 내가 쥐에 대해서 아는 전부다.

쥐를 실제로 본 적은 딱 한 번 있다. 외할머니(내 유일한 할머니) 댁에 갔을 때 마당에서 도둑고양이가 물렁물렁한 잿빛 공을 가지고 노는 것을 본 적이 있었다. 자세히 보니 그것은 꼬리와 수염이 달린 공이었다. 고양이가 날카로운 발톱으로 공을 건드릴 때마다 누런 흙바닥에 핏자국이 찍혔다. 그러니까 살아 있는 쥐를 본 적은 단 한 번도 없는 셈이다.

그 날 나는 수십 마리의 길고양이에게 쫓겼다. 학교에 가는 길이었는데, 쓰레기 더미 속에 웅크리고 있던 살찐 길고양이 하나가 내 발 밑으로 다가왔다. 녀석은 내 발목에 코를 대고 냄새를 맡았다. 나는 손을 뻗어 갈색 얼룩이 있는 녀석의 머리를 쓰다듬으며 중얼거렸다.

"날 구해 줘."

녀석을 안고 싶었지만 녀석과 눈이 마주쳤을 때 나는 눈을 피해 버렸다. 투명한 초록 눈동자는 너무 눈이 부셨다. 어둠 속에서도 빛날 그 눈동자가 감추고 싶은 것을 들추어낼까 봐 겁이 났다. 나는 뻗었던 손을 거두었다. 동물의 감각은 놀랍도록 예민하다고 했던가. 순간 녀석은 내 비밀을

눈치챘다.

녀석의 사나운 울음소리가 신호였던 것 같다. 좁은 골목길에서 달려나온 고양이 떼에 쫓겨 정신 없이 달렸다. 고양이들은 담장을 훌쩍 뛰어내려 나를 겁주었고 차 밑에서 불쑥 튀어나와 나를 놀라게 했다. 찻길을 건너고 놀이터를 가로질러 도망쳤지만 녀석들의 추격은 계속되었다.

고양이들을 따돌렸을 땐 낯선 거리에 와 있었다. 확실한 건 시간뿐이었다. 그마저도 늦어 버린 시간. 지각이라고 하기도 우스운 시간이어서 아예 결석을 해 버렸다.

하루 종일 헤매고 돌아다녔지만 더 이상 고양이와 마주치지 않았다.

'그 때 녀석을 안아야 했을까?'

괜히 엄마 탓을 해 본다. 엄마는 고양이를 참고 봐 줄 수 있는 사람이 아니다. 엄마와 고양이를 함께 둔다면 엄마와 고양이 둘 중 하나는 죽고 말 것이다. 엄마가 고양이를 씻기다 지쳐 죽거나, 혹은 고양이가 씻는 걸 견디다 못해 자살하거나…….

사실 결석은 진작부터 했어야 했다.

내 몸은 정상이 아니었다. 지금 내 뱃속엔 쥐가 있다. 녀석이 뱃속에 자리잡은 지는 얼마 되지 않았다. 그 전에는 내 혈관을 타고 전속력으로 질주하기도 하고 머릿속을 마구 헤집어 놓으며 날뛰기도 했다. 그럴 때마다 온몸이 따끔따끔 쑤시고 끔찍한 두통으로 고생해야 했다. 어찌나 아프던지 한두 놈이 아닐 거라 생각했다.

하지만 지금은 한 마리만이 뚜렷이 감지된다. 놈은 통통하게 살이 오른 것 같다. 배가 묵직하니까. 가끔 뱃속이 간질간질한데 그건 윤기가 짜르르 흐르는 놈의 털 때문일 거다.

녀석이 뱃속에 자리잡고부터는 정신이 몽롱하긴 해도 아프진 않았다.

고양이에게 쫓기다 돌아온 날 밤에 엄마가 울었다. 엄마가 소파에 쓰러져 울고 있는 것을 문틈으로 훔쳐보았다. 엄마가 나에 대해 뭔가 느낀 걸까. 그럴 리가. 그러면 안 돼.

'내 뱃속에 쥐가 있어요.'

이야기하고 싶다.

터무니없는 생각이라고…… 누군가 말해 주었으면 싶다. 하지만 내 주변엔 예민한 사람뿐이다. 모두들 죽을 만큼 걱정할 것이다. 아무에게도 털어놓을 수가 없다.

쥐는 내버려 두면 자연히 사라질 것이다. 제 풀에 지쳐 죽고 말 것이다. 엄마가 냉장고 안에 사는 쥐를 내버려 두는 것처럼 나도 그럴 것이다. 현명한 생각이다. 암, 그렇고 말고. 그래도 자꾸만 의심이 간다. 마음이 흔들린다.

결석한 다음 날, 학교에서 담임선생님이 '쥐' 이야기를 꺼냈다. 난 무너질 뻔했다. 그리고 무너질 뻔한 사실에 놀라 도망칠 수밖에 없었다.

나는 텅 빈 화장실로 들어가 문을 걸어 잠갔다. 심호흡을 크게 하고 주먹을 단단히 쥐었다. 그 주먹으로 배를 세게 쳤다. 눈을 질끈 감고 아랫입술을 꽉 깨물었다. 뱃속에서 쥐가 요동을 쳤다.

'조금만 참자, 진주홍. 녀석은 머지않아 죽을 거야. 사람이 쥐를 낳을 순 없는 법이니까. 너도 그걸 잘 알겠지?'

모르겠어. 난 정말 아무것도 모르겠어.

배가 아파. 아파……

제2부

쥐는 없다

1

"쥐가 있을 리 없잖아요."

김 선생이 웃음을 간신히 참으며 말했다. 김 선생의 눈썹이 씰룩거렸다.

그래도 나는 심각한 표정으로 고집스레 일관했다.

주홍이는 뭔가 감추고 있는 듯했다. 예사롭지 않은 기운이 주홍이 둘레에 짙은 초록빛 막을 형성하고 있었다. 내가 그 안으로 발을 들여 놓으려 하자 그 막은 순식간에 팽팽해져 나를 먼 곳으로 튕겨 냈다.

주홍이와 이야기하는 잠깐 동안, 나는 그 막 안의 공기를 맛볼 수 있었다. 메마른 공기는 피부가 따끔거릴 정도로 몹시 탁했다. 나는 맑은 차를 한 잔 우려내 목을 축였다. 그 공기 때문인지 목이 칼칼했다. 문득 그 안에서 힘겹게 숨쉬고 있을 주홍이가 안쓰러웠다.

'진주홍, 넌 대체 무얼 감추고 있니?'

김 선생은 일지 쓰던 것도 뒤로 제쳐 두고 우리 반 교실까지 따라 올라왔다. 김 선생이 우리 반 교실에 들어서며 깊이 숨을 들이마셨다.

"흐음, 역시 여학생 반은 냄새부터가 달라요. 남학생 반은 뭘 해도 우중충하다니까요. 시커먼 녀석들……."

김 선생은 유쾌하게 웃으며 사물함 쪽으로 성큼성큼 다가섰다.

"쥐가 있다는 사물함이 어느 거예요?"

나는 주홍이의 사물함을 손가락으로 가리켰다.

김 선생이 사물함 문 앞에 귀를 바짝 갖다 대고는 숨을 죽였다. 사뭇 진지했다.

사물함 안은 고요했다.

"쥐는 없어요."

김 선생은 다시금 단정했다.

"지금은 잠잠한데 아까는 그렇지 않았어요."

나는 너무 억울해서 어린애처럼 볼멘소리를 했다.

"오호라! 내가 무서운 사람이라는 걸 녀석이 눈치챈 게로군. 그렇다면 아주 영리한 놈인가 본데?"

김 선생은 과장되게 고개를 주억거리며 감탄했다. 김 선생의 입이 서서히 벌어지며 웃음소리가 새어 나왔다.

얼굴이 화끈 달아올랐다.

"놀리지 마세요."

"최 선생, 신경과민이에요."

김 선생이 팔꿈치로 내 팔을 툭 치며 말했다.

김 선생이 교실에서 나가자 나는 주홍이의 사물함에 귀를 대 보았다.

찍!

녀석은 그 안에 숨어서 나를 조롱하고 있었다.

"비열한 녀석!"

그 때 복도 쪽에서 김 선생 목소리가 들렸다.

"최 선생님! 거기서 언제까지 쥐랑 면담할 거예요? 같이 내려가요."

그 날 이후로 나는 주홍이를 묵묵히 지켜 보았다.

주홍이가 사물함을 사용하는지 여부가 초미의 관심사였다. 주홍이는 사물함 근처에 얼씬도 안 했다. 자물쇠에 손도 안 댔다. 책이며, 노트며, 온갖 학용품들을 책가방 속에 꾸역꾸역 밀어 넣고 지퍼를 잠갔다. 미련해 보일 만큼 뚱뚱한 가방을 어깨에 짊어지고 누구의 도움도 사양한 채 혼자 걸었다. 비틀비틀. 위태로워 보였다.

'그래, 딱 한 번만 열어 보는 거야. 그 안에 뭐가 있는지

확인해 보는 거야.'

나는 방과 후 텅 빈 교실에서 문제의 사물함에 달린 자물쇠를 풀어 보기로 했다.

열 개의 숫자 버튼 중 세 개만 누르면 열리는 자물쇠였다. 가장 열기 쉬운 것이다. 나는 사물함 앞에 쪼그리고 앉아서 숫자 버튼을 하나씩 눌러 보았다. 이렇게 해 보면 비밀번호가 뭔지 금세 알 수 있었다. 자주 누르는 숫자 버튼은 누를 때 덜 뻑뻑했다.

짤깍.

자물쇠 고리에 틈이 벌어졌다. 너무 쉽게 풀렸다. 덜컥 겁이 난다. 자물쇠를 문고리에서 빼 낼 엄두가 나지 않는다.

'이게 뭐하는 짓이지? 담임선생이란 사람이 자신의 사물함을 열어 보려고 기를 쓰고 있다는 걸 알면 얼마나 오싹할까.'

생각이 거기에 미치자 회의감이 밀려들었다.

'이건 아니야.'

걱정된다고, 그 애를 위해서라고 그 애의 영역을 침해할 수는 없었다. 아무리 애가 타도 나는 문 밖에서 기다려야 한다. 여기, 내 자리에서 문을 열어 줄 때까지. 그게 옳았다.

자물쇠를 원래대로 채워 놓고 일어서자 다리가 저려서 한동안 꼼짝도 할 수가 없었다.

교실 문을 나서면서, 문을 열어 보지 않은 건 참 잘한 일이라고 생각했다.

'쥐가 있는지 없는지도 확실히 모르잖아.'

갉작갉작갉작…….

또, 또…….

나는 가려운 곳을 덮어 두고 교실 문을 닫았다.

한 달쯤 지난 것 같다.

시간이 지날수록 점점 확신이 사라졌다. 그 전에 나는 주홍이를 간절한 눈빛으로 바라보곤 했다. 그것은 애원에 가까웠다. 언제든 쥐의 존재를 인정해 달라고.

'내가 환청을 듣고 있는 게 아니지? 그렇지?'

묻는 듯한 나의 눈빛을 주홍이는 피해 버리고 만다.

'쥐라니……. 이상한 선생이라고 생각할 거야. 난처하겠지.'

쥐의 존재는 나만 느끼는 것이 분명했다. 아무도 주홍이의 사물함 안에서 무슨 일이 벌어지고 있는지 궁금해하지 않았다. 주홍이조차 알고 싶지 않은 듯했다. 고로 내가 이상하다는 뜻인가?

이성적으로 생각하는 것은 무언가를 외면하고 싶을 때 가장 좋은 구실을 찾아 준다. 이성적으로 따져 보았을 때 내가 병이 든 것일 수도 있다. 내가 옳다는 근거는 어디에도 없다. 내겐 경험도 없다. 자신이 없다.

그 안에 정말로 쥐가 있다고 한들 내가 뭘 할 수 있겠어? 그래. 차라리 열지 말자. 꼭꼭 닫아 두자. 사실은 나도 쥐가 너무 무서워. 쥐 같은 거 보고 싶지 않아. 쥐가 없다는 것만 순순히 인정하면 돼. 모든 일이 편해질 거야. 신경 쓸 일도 확 줄겠지.

난 완전히 자신감을 잃었다. 나는 나 자신과 약속을 했다. 쥐는 없는 거라고.

이제 나는 주홍이의 눈을 피했다. 주홍이는 가끔씩 나를 뚫어져라 응시했다. 아랫입술을 살짝 벌리고 나를 쫓았다.

불안했다. 행여 주홍이의 마음이 바뀌어 내게 쥐에 대해 고백이라도 할까 봐…….

다가오지 마. 내가 해결할 수 없는 문제를 안고 있는 거라면 다가오지 마.

나는 아이들을 무시하고 아이들은 나를 무시하고…… 끊임없는 순환. 그 끝엔 아무것도 남지 않을 거라는 걸 알면서도 나는 그 배에 올라탄다.

출항하기 전에 세 가지 결심을 한다.

1. 수업 시간에 헛소리를 하지 말자.

2. 아이들이 하는 소리에 신경을 끄자.

3. 무엇보다도, 진도를 빼자.

치열한 입시 세계로 입문, 지독한 합리화, 혹은 완벽한 도피.

아끼던 것들을 아무렇게나 굴린다. 애정 없는 조련사처럼. 그저 '다룬다.' 나 한 사람의 안락을 쫓아서. 똑바로 말할 자신이 없어 돌려 말한다.

거칠어졌다. 슬프다.

그러나 미신처럼 뜨겁게 달아오른 불안을 잠재우려면 무언가에 열중하는 수밖에 도리가 없었다. 부족하기 짝이 없는 나에게서 관심을 돌리려면 열중할 만한 것이 필요했다.

어쩔 수 없잖아. 이것이 최선이야.

이제는 아이들 앞에 서도 떨리지 않는다. 대신 모든 것이 보인다. 갈라진 천장 틈에서 가끔씩 떨어지는 시멘트가루, 늘 마대에 꾹 눌려 있는 노란색 싸구려 커튼, 하나 둘 소리

없이 늘어만 가는 바닥의 껌딱지…….

나는 이것들이 '모든 것'이라고 철썩같이 믿고 만다. 더는 알고 싶지도 않다고, 알 능력도 없다고 믿어 버린다.

그로부터 석 달 뒤, 아직 나가야 할 진도가 남아 있음이 나를 버티게 하고 있었다. 숨이 차도 멈출 수 없다. 내게 와락 덤벼들 시커멓고 커다란 쥐 생각에 쫓겨 하루, 또 하루, 나는 달린다.

헉헉.

죽을 것만 같았다.

그래서였을까. 나도 모르는 사이 악마의 레퀴엠이 내 주변에 스며들어 있었다. 그것은 아이들의 입을 통해 장난스럽게 연주되고 있었다.

그 섬뜩한 곡조가 내 맘의 문을 두드린 건 뼛속까지 지쳐버린 어느 화요일 종례 시간이었다. 교실에 들어가려고 문 손잡이에 손을 뻗는데 교실 안에서 노랫소리가 들렸다.

"쥐를 잡자~ 쥐를 잡자~."

순간, 차갑게 식은 피가 등줄기를 타고 목 뒤로 올라왔다.

나는 유리창 너머로 아이들을 구경했다. 네댓 명의 아이

들이 교실 뒤 사물함 앞에서 '쥐를 잡자' 게임을 하고 있었
다. 다른 아이들은 책상을 손바닥으로 두드리며 박자를 맞
춰 주거나 게임에서 틀리는 아이를 잡아 내려고 눈을 동그
랗게 뜨고 몰입해 있었다. 나는 그 광경을 예사롭게 보아
넘길 수가 없었다.

아이들은 자신에게 절실하게 필요한 것을 놀이로 승화시
키는 놀라운 능력이 있는 걸까. 명랑한 모습 이면에 무의식
적으로 쥐를 잡아 달라고 부탁하고 있는 건 아닌지. 아이들
은 그것이 악마의 레퀴엠인 것을 알 리 만무했다. 가슴이
아프도록 명랑하다.

나는 아이들 사이사이의 빈 공간을 훑었다. 다급한 심정
이었다. 교실 한 구석의 음지에 엎드려 있는 아이 하나가
눈에 띄었다. 주홍이였다. 주홍이는 배를 끌어안은 채 엎드
려 있었다. 귀와 목이 새빨갰다. 그 모습을 보니 반대로 나
는 새하얘지는 느낌이었다.

"최 선생, 왜 그래요? 안색이 좋지 않은데……."

김 선생이 멀리서 그런 나를 보았는지 한달음에 달려와
물었다.

"선생님, 저 게임이요……."

나는 넋 나간 사람처럼 교실 안 아이들을 바라보며 중얼

거렸다.

"쥐를 잡자 게임? 우리 때에도 있었잖아요. 혹시, 또 그 놈의 쥐 생각이에요?"

김 선생도 내 눈을 따라 교실 안을 들여다보더니 말했다.

나는 고개를 저었다.

"이젠 저도 알아요. 쥐는 없어요."

"그렇게 생각한다니 다행이네요."

김 선생이 어깨를 으쓱하며 가볍게 받아쳤다.

"매너리즘에 빠지기엔 너무 일러요. 그렇죠?"

나는 김 선생과 눈을 맞추고 쾌활하게 웃으며 말했다.

김 선생은 머리를 긁적이며 자기네 반 쪽으로 주춤주춤 걸어갔다.

나는 교실 문을 힘껏 열어젖혔다.

우르르르.

영악한 쥐새끼가 천둥처럼 요동을 쳤다.

'거기까지만이야. 너는 이제 없는 거야. 대신 다른 걸 찾겠어.'

나는 교실 안으로 힘껏 걸어 들어갔다.

2

"쥐 같은 건 없어."

나는 딱딱한 토스트를 억지로 씹어 삼키고는 말했다.

딸아이는 아무 말이 없었다. 훅 불면 깨어질 것만 같은 얼굴을 하고서 내 앞에 마주앉아 있다. 창백하고 눈이 조금 부은 것 같다.

나와 딸아이는 마실 물도 없이 건조하게 아침 식사를 하고 있었다. 간밤에 생수가 바닥나 버렸다. 내가 그걸 죄다 눈물로 쏟아 냈기 때문이다.

오늘 장을 볼 것이다. 장 봐 올 물건 목록에 물도 추가되었다. 잡다한 요리 재료들로 냉장고를 가득 채울 생각이다. 쥐 같은 건 없으니까.

딸아이는 식사를 하기 전 화장실에서 시간을 오래 보내다가 나왔다. 물 내리는 소리도, 손을 씻는 소리도 들리지 않고 그저 정적뿐이었다.

"배가 아프니?"

나는 딸아이가 나올 때까지 문 앞에 서서 기다리다가 물었다.

딸아이는 고개를 가로저었다.

'아파도 아프지 마.'

나는 주문 같은 말을 속으로 되뇌며 토스트를 구웠다.

토스터 안에서 바싹 말라 버린 빵 조각은 입 안을 엉망으로 베어 놓았다. 입 안에서 피 맛이 감돌았다.

"쥐 같은 건 없어."

나는 다시 한 번 말했다. 확실히 해 두고 싶었다.

딸아이는 자기 몸무게와 비슷해 보이는 커다란 가방을 짊어지고 집을 나섰다.

창문으로 딸아이의 뒷모습을 바라보았다. 어깨가 시옷 자로 축 늘어져 있다.

"어깨 펴고 걸어!"

나는 창문을 열지는 못하고 툭툭 두드리며 소리친다.

딸아이는 의식적으로 어깨를 쭉 폈다. 하지만 시야에서 멀어지면서 점점 어깨가 아래로, 아래로 낮아졌다.

'잊고 있었어. 주홍이 네가 있다는 걸.'

나는 손톱보다도 더 작아진 딸아이의 등 뒤에다 대고 소리쳤다.

"쥐는 없는 거야. 알았지?"

탕. 탕. 탕. 판결을 내렸다. 못을 박았다. 오늘부로 우리 집에 쥐는 없는 거다.

나는 설거지와 주방 정리를 마치고 나서 청소복과 마스크로 무장했다. 집이 너무 더러웠다. 청소가 필요했다.

맨 먼저 거실에 달린 크리스털 조명 장식을 내렸다. 닦은 지 불과 사흘 밖에 지나지 않았는데도 먼지가 들러붙어 있었다. 나는 미세한 먼지를 진공청소기로 빨아들인 다음, 물걸레로 두 번 닦고 마른걸레로 한 번 닦았다.

진공청소기 주둥이가 한 번 빨아들였다 뱉어 놓은 집 안을 스팀청소기가 핥아 주었다. 하지만 깨끗한 것도 그 때뿐이다. 돌아서면 다시 더러워졌다. 나는 청소기를 밀며 두 번 세 번 온 집 안을 쏘다닌다. 날마다 청소기를 돌리는데도, 문을 꼭꼭 닫고 사는데도 어느 틈으론가 먼지가 새어 들어온다. 신기한 노릇이다.

베갯잇, 이불홑청, 커튼을 모조리 뜯어 내 욕조에 몰아넣고 물에 푹 불렸다.

가루세제를 뿌리고 빨래를 밟기 시작한다. 자근자근 밟을 때마다 시커먼 땟국이 흘러나온다. 볼 때마다 충격 받는다. 이렇게 더러웠다니!

빨래는 세탁기에 넣고 한 번 더 돌린다. 이럴 땔 대비해 일부러 삶아 빠는 기능이 있는 세탁기를 구입했다.

나는 마지막으로 냉장고 앞에 섰다. 냉장고 문을 열지 않은 지 벌써 일 주일이 넘었다. 정리를 해야 했다.

'쥐는 없지만…….'

도저히 용기가 나지 않았다.

'문을 열었을 때 쥐가 튀어나오면 어떡하지? 잿빛 털에 얼굴이 뾰족하고 꼬리가 기다란 쥐 말이야. 그럴 리는 없겠지만 그래도 혹시, 혹시…….'

나는 장을 봐 온 다음에 냉장고 청소를 하기로 하고, 샤워를 한 뒤 외출 준비를 했다.

조금 뒤 나는 대형 할인마트의 생리대 코너 앞에 서 있었다. 카트에는 생수 여섯 병과 빵, 그리고 오렌지 몇 알과 아이스크림 세 통이 담겨 있었다. 딸아이가 무슨 맛 아이스크림을 좋아할지 몰라서 각기 다른 맛으로 세 통이나 골랐다. 나는 내가 쓸 얇은 소형 생리대를 별 고민 없이 골라 카트에 던져 넣었다. 딸아이 것은 꼼꼼히 살펴본 뒤에 특별히 순면 재질로 고른다.

아이스크림이 녹을세라 차를 약간 험하게 몰았다.

식탁 의자에 앉아서 냉장고를 노려본다. 식탁 위에는 장을 봐 온 물건들이 수북하다. 아이스크림통 표면에 맺힌 물방울이 또르륵 굴러 내린다.

나는 냉장고와의 기 싸움에서 지고 말았다. 나는 두 손에 얼굴을 파묻었다.

못 열겠다. 도저히.

녹은 아이스크림은 싱크대 구멍에 흘려 보냈다.

한 달 뒤, 지하 작업실에 들어앉은 검은 돌덩이는 아직 정을 맞지 않은 채로 그대로였다.

우리는 여전히 미지근한 물을 마시고 있었다. 쥐는 없지만 쥐가 있는 것처럼 조심스럽게 행동하고 있었다.

딸아이를 잘 모르겠다. 가만히 들여다보고 있어도 살갗을 문질러 보아도 모르겠다. 어색하기만 할 뿐이다. 각자의 영역만 건드리지 않으면 평화로운 룸메이트 같다.

그로부터 석 달이 지난 뒤에도 돌덩이는 그 안에 형체를 감추고 있었다. 나는 그 앞에 앉아 한 시간이고 두 시간이고 하염없이 명상을 했다. 그러나 좀처럼 감을 잡을 수가 없었다.

집 안엔 날마다 먼지와 세균이 새어 들어오고 나는 그것을 없애려 애를 썼다.

나와 딸아이 사이는 조용했다. 가끔 내가 딸아이의 불룩한 배를 보고 말했다.

"너 살찐 것 같아."

우린 통하지 않는다.

모든 일이 순조롭지 않은 것 같다.

그래도 쥐가 없어서 다행이다.

쥐는 무섭다.

3

엄마는 일 주일 만에 마음이 바뀌었다.

"쥐 같은 건 없어."

엄마는 엄마가 조각하는 돌덩이 같은 얼굴로 말했다.

일 주일 전,

"냉장고에 쥐가 있어."

라고 말할 때와 똑같은 말투였다.

아무 말도 하고 싶지 않았다. 그 날 아침 화장실에서 한 기도가 효력이 있을지 내겐 그게 더 중요했다.

아침에 난 화장실에서 깨끗한 팬티를 보고 절망했다.

'제발 피를 쏟게 해 줘. 생리만 나온다면 어떤 고통도 달게 받을게.'

나는 내 뱃속에 든 쥐에게 부탁했다.

생리가 일 주일씩이나 늦는 건 처음이었다. 생리를 이렇게 기다려 보는 것도 처음이다.

나는 변기에 앉아서 윗옷을 가슴께까지 들어올렸다. 배꼽 아래, 주먹으로 쳤던 자리에 시커먼 멍이 들어 있었다. 나는 멍 자국 위를 손가락으로 꾹 눌러 십자가를 그었다. 손가락이 지나간 자리에 살색으로 길이 났다. 길은 엷은 핑크색에서 푸른색으로, 다시 보라색으로 바뀌더니 결국엔 본래 색인 검은색으로 돌아갔다.

화장실에서 나오니 엄마가 문 앞에서 기다리고 있었다.

"배 아프니?"

엄마는 내가 아프다고 말하면 깨질 것 같은 표정을 지었다. 나는 고개를 천천히 가로저었다. 목구멍에서 뜨거운 덩어리가 느껴졌다.

"쥐 같은 건 없어."

엄마는 토스트를 먹다 말고 한 번 더 말했다.

입 안이 까끌까끌했다. 갈증이 났다.

나는 조용히 집을 나섰다. 엄마의 시선이 굳게 닫힌 유리창 너머로 느껴졌다.

걸음을 몇 발짝 떼어 놓으려는데 뒤에서 엄마의 신경질적인 목소리가 들렸다.

"어깨 펴고 걸어!"

나는 그제야 내가 어깨를 늘어뜨리고 있었음을 깨닫고는 어깨를 쭉 폈다. 가방이 무거워 꼭 뒤로 넘어질 것만 같았다. 나는 엄마의 시야에서 벗어나려 열심히 발을 움직였다.

"쥐는 없는 거야. 알았지?"

등 뒤에서 불어 온 바람결에 언뜻 이런 소리가 들리는 듯하다.

"정말 그랬으면 좋겠어요."

나는 혼자서 중얼거렸다.

담임선생님은 수업을 하다 말고 말이 막힌 듯이 한참 뜸을 들이곤 했다. 나와 눈이 마주치면 여지없이 그랬다. 선생님은 간절한 눈빛으로 나를 바라보았다. 그 눈빛은 내게 말해 달라고 하고 있었다. 쥐에 대해서. 하지만 나는 말할 수 없다. 말을 해 버리면 사실이 되고 만다. 말해 버리고 나면 끝이 아니다. 그 때부터 모든 복잡한 일이 시작되는 것이다. 나는 입을 다물어 버린다. 고개를 돌려 버린다.

집에 돌아왔을 때 난 엄마를 보고 깜짝 놀랐다. 엄마는 어두컴컴한 집 안에서 불도 켜지 않은 채 식탁 위에 엎드려 있었다.

나는 거실에 불을 켜고 엄마에게 다가갔다. 식탁 위에는 장바구니에서 쏟아져 나온 물건들이 아무렇게나 널브러져 있었다. 그 중엔 아이스크림 통 세 개도 보였다. 언제 사 온 것인지, 종이로 된 아이스크림 통이 찌그러져 있었다. 통을 만져보니 눅눅했다. 자세히 보니 바닥이 새고 있었다. 녹은 아이스크림이 흘러 식탁에서 바닥으로 이어져 있었다. 나는 물걸레를 가져와 바닥에 찐득하게 말라붙은 아이스크림 자국을 닦아 냈다. 바닥을 닦다 보니 엄마 발 밑에 생리대가 떨어져 있었다.

엄마는 눈물로 범벅이 된 얼굴을 들어 나를 내려다보더니 내 손에서 물걸레를 빼앗았다.

"내가 닦을 테니까 넌 가서 얼른 씻어."

샤워를 하고 나오자 엄마는 보이지 않았다. 안방 문이 굳게 닫혀 있는 것으로 보아 방으로 들어간 것 같았다.

주방은 말끔히 정리되어 있었다. 식탁 위에 생수병과 나머지 물건들이 줄을 맞춰 가지런히 세워져 있었다. 위잉-냉장고 돌아가는 소리만 집 안 가득 울렸다. 숨이 막혔다.

내 방으로 올라가자 아까 본 생리대가 침대 위에 살포시 놓여 있었다. 엄마가 두고 간 모양이었다. 나는 문을 잠그고 팬티를 내려 보았다. 여전히 깨끗함…….

질리도록 두렵다.

엄마는 한 달 내내 작업실에 틀어박혀 있다. 정을 때리는 소리가 요란하게 들릴 때도 됐는데, 고요하기만 했다.

엄마의 작업실은 금기 구역이었다. 내가 들어가선 안 되는 신성한 엄마만의 공간. 내가 들어가면 부정이 탔댔다.

엄마는 이따금씩 작업실에서 발소리도 내지 않고 올라왔다. 그러곤 가만히 내 얼굴을 들여다보기도 하고 내 뺨에 차디찬 손을 뻗기도 했다. 나는 식은땀을 뻘뻘 흘리며 엄마 눈을 피하거나 엄마의 손길에 소스라치게 놀라 얼굴을 엄마 손에서 멀찌감치 떼어 놓았다. 그럴 때면 엄마는 멋쩍게 웃음짓거나 청소할 거리를 만들어 열을 올렸다. 엄마도 뭔가를 두려워하고 있었다.

나는 엄마에 대해 아는 게 거의 없다. 엄마가 겁이 많은 사람이라는 것 외엔……. 나만큼이나 엄마도.

냉장고 안에 쥐가 있는 것도 같고 없는 것도 같다. 엄마부터가 헷갈리고 있다. 하지만 내 뱃속엔 확실히 쥐가 있다.

하루에도 몇 번씩 마음이 바뀌었다. 혼자 있고 싶은 마음이 간절하다가도 또 금세 누군가의 품에 안겨 실컷 울고 싶기도 했다. 그래. 실컷 울고 싶다. 하지만 엄마는 너무 약했다. 나보다 더 크게 울 것이다. 그러면 내가 달래 주어야 한다.

담임선생님은 뭔가 해 줄 말이 있지 않을까? 기대를 해본다. 그러나 담임선생님도 적당한 상대는 아니었다. 그 무렵 선생님은 과도하게 의욕을 앞세우다가도 순식간에 무기력한 나락으로 떨어지기를 반복하는 듯했다. 그녀는 나보다 심하게 갈팡질팡했다.

나는 하루에도 수십 번씩 쥐 이야기를 목구멍으로 삼켜야 했다. 담임선생님이 더 이상 쥐에 대해 궁금해하지 않으면 어떡하지? 괜한 걱정일까?

담임선생님은 나를 무의식적으로 피하는 것 같았다. 담임선생님도 두려운 거다.

그로부터 석 달이 지난 뒤에도 엄마의 작업실은 조용했다. 작업실에서 올라올 때마다 엄마의 얼굴은 사색이 되어 있었다.

우리는 여전히 미지근한 물을 마시고 있었고, 나는 엄마에게 말을 붙이기조차 힘들었다. 엄마는 끊임없이 닦고 빨고 털어 내고 있었다. 가끔 청소를 하다 말고 엄마는 내 방에 찾아오기도 했다. 그럴 때 엄마의 얼굴은 벌겋게 상기되어 있었다.

"너 살찐 것 같아."

엄마는 내 방문을 열고 불쑥불쑥 이렇게 말하는 것이었다. 그러곤 내 대답도 듣지 않고 문을 닫고 나가 버렸다. 확실히 엄마는 두려워하고 있었다. 나처럼.

나는 볼록하게 튀어나온 뱃가죽을 손바닥으로 꾹꾹 눌렀다. 그러나 배는 들어가지 않고 도로 튀어나왔다. 이제는 외면할 수 없을 만큼 쥐가 커 버렸다.

학교에선 날마다 비명을 지르고 싶었다. 그 무렵 학교에서는 '쥐를 잡자' 게임이 유행처럼 번지고 있었다. 아이들은 쉬는 시간마다 "쥐를 잡자~ 쥐를 잡자~." 노래를 불러 댔다.

방금 수업 종이 울렸는데도 게임이 계속되고 있었다. 담임선생님이 들어오는 시간이라고 아이들은 더욱 오기를 부리는 듯했다.

갑자기 배가 끊어질 듯이 아파 왔다. 나는 헉, 소리를 내며 책상 위로 고꾸라졌다. 정신이 몽롱했다.

놓쳤다! 놓쳤다! 잡았다! 놓쳤다! ……

쥐를 잡고 싶니? 너희들 모두 알고 있었니?

머릿속에서 발소리가 울렸다. 뚜벅뚜벅. 발소리는 점점 가까워지고 있었다. 누군가 내가 쳐 놓은 막을 뚫고 들어왔다.

손을 들고 싶지만 들 수가 없다.

'저 여기 있어요. 여기요!'

생각만 치밀어오를 뿐 말이 되어 입 밖으로 나오지 못한다. 끙, 하고 소리를 낼 뿐이다.

제발 도와 주세요. 여기 쥐가 있어요.

제3부

쥐는 있다

1

주홍이는 책상 위에 힘없이 늘어져 있었다. 나는 아이들과 함께 주홍이를 부축해 양호실로 데려갔다.

나는 어떻게 된 거냐고 묻는 양호 선생님 앞에서 횡설수설했다.

"그러니까, 사물함이…… 아니, 그게 문제가 아니고 쥐가……. 아무튼 기절해 있더라고요."

양호 선생님은 차분하게 호흡과 맥박 등을 체크해 보더니 주홍이 팔에서 피를 조금 뽑았다. 그러곤 주홍이 옆에 바짝 붙어 있던 나와 아이들을 뒤로 물러나게 했다.

"무, 무슨 이상이 있나요?"

내가 더듬거리며 물었다.

양호 선생님은 주홍이의 피에 몇 가지 용액을 타서 반응을 살펴보았다. 검사를 마치고 나더니 내 눈을 들여다보며 소리 없이 웃었다.

양호 선생님은 오십대 후반쯤 된 푸근한 인상의 여선생

님이다. 내게는 어머니 벌 되는 분이다. 웃을 때 눈가에 고운 주름이 가득 잡혔다. 보면 기분이 좋아질 만큼 가득.

"좀더 자세히 검사를 해 봐야 알겠지만 빈혈인 것 같네요."

양호 선생님이 차분하게 말했다.

양호 선생님은 주홍이의 팔에 링거 주삿바늘을 꽂았다. 그 때 주홍이가 눈을 살짝 떴다가 주변을 한 바퀴 둘러보고는 눈을 도로 감았다.

"주홍아! 정신이 좀 드니?"

"쉬―. 그렇게 호들갑 떨 것 없어요. 잠이 든 거예요. 안정을 취해야 하니까 칸막이로 빛을 가리고 조용히 합시다."

양호 선생님이 내 입술에 손가락을 갖다 대며 나직이 말했다.

나와 아이들은 양호 선생님이 시키는 대로 했다.

"철분제도 맞았겠다, 정신도 들었겠다, 푹 자고 일어나면 괜찮을 거예요. 그나저나 최 선생이 많이 놀랐나 보네. 입술이 아주 새파래요. 너희들도 많이 놀랐겠구나."

양호 선생님이 소곤소곤 말했다.

선생님은 나와 아이들에게 따뜻한 보리차를 한 잔씩 주고는 양호실 밖으로 밀어 냈다. 주홍이는 걱정 말고 나머지

아이들을 챙기라는 조언도 잊지 않았다.

나는 아이들을 교실로 먼저 올려 보내고 교무실로 달려가 주홍이 어머니에게 전화부터 했다.

"주홍이가 좀 전에 잠시 기절을 했는데……."

"아……."

볼 순 없지만 주홍이 어머니는 촛불처럼 위태롭게 흔들리는 게 분명했다. 나는 불이 꺼질세라 숨도 조심스럽게 쉬었다.

"다행히 곧 깨어났습니다. 지금은 영양 주사를 맞고 양호실에서 쉬고 있습니다. 양호 선생님 말씀이 빈혈인 것 같다고……."

"하아아―."

주홍이 어머니가 크게 숨을 내쉬는 소리였다. 마음이 놓이는 모양이었다.

"저…… 가능하면 학교로 오셔서 주홍이를 데리고 가 주시겠습니까? 시간이 나면 잠시 이야기도 좀 나누었으면 싶은데요."

"……그러죠."

나는 다시 교실로 올라갔다. 수업 시간이 십 분 정도밖에 남지 않았지만, 마흔여섯 명이나 되는 아이들을 그대로 방치해 둘 순 없었다. 마음은 온통 양호실에 있는 주홍이에게 머물렀지만 수업은 반드시 계속되어야 했다.

내가 교실에 들어가자 아이들의 목소리는 갑자기 얼어붙은 듯 삽시간에 조용해졌다. 공기가 냉랭했다.

'선생님 탓이에요. 선생님이 주홍이가 저렇게 되도록 내버려 두신 탓이에요.'

누군가 그렇게 말하는 것 같다. 옳은 말이다.

교탁 앞으로 걸어가는 한 걸음 한 걸음이 조심스럽기만 하다. 숨이 턱턱 막힌다. 차가운 시선. 그 시선을 받으며 외줄을 탄다. 나는 어릿광대. 아래를 내려다본다. 균형을 잃고 팔을 허공에서 휘젓다가 간신히 균형을 잡는다. 실수할까 두렵다. 삐끗하면 끝도 보이지 않는 저 아래로 떨어질 것이다. 춥고 두렵다. 게다가 나는 혼자가 아니다. 내가 실수하면 주홍이까지도 떨어질 것이다. 아니, 마흔일곱 명이나 되는 아이들 모두. 위를 올려다보니 마흔일곱 아이들이 내 어깨 위에 탑처럼 첩첩이 쌓여 있다. 어깨가 무겁다. 하지만 난 무슨 수를 써서라도 버틸 거다. 듬직해 보여야 한다. 완벽하진 않더라도 강해지겠다.

"아자!"

허리를 쭉 펴고 기합을 질러 본다.

아이들이 술렁거린다. 누군가는 이렇게 묻는다.

"선생님, 괜찮으세요?"

"어서 책 펴자."

나는 바싹 마른 입술에 침을 바르고는 말했다.

"아우-."

아이들은 하나같이 신음 소리를 냈다. 꼭 수업을 해야겠냐는 뜻이었다. 충실히 하는 것 외엔 아는 것이 없는 나로서는 수업을 해야 안정이 찾아올 것 같았다.

나는 십 분 동안 쉴 새 없이 떠들어 대다가 종이 울리자마자 튀어나갔다. 무슨 말을 지껄였는지 알 수 없었고 알고 싶지도 않았다.

계단을 뛰어내려가는데 교실 쪽에서 또 '쥐를 잡자' 게임을 하는 소리가 들렸다. 망할 놈의 쥐!

나는 곧장 양호실에 들러 주홍이의 상태가 많이 나아졌다는 것을 확인했다. 아울러, 기절한 원인이 확실히 빈혈 때문이었다는 소견도 들을 수 있었다. 마음이 조금 놓였다.

나는 교무실로 갔다. 혹시 그 사이에 주홍이 어머니가 왔을까 봐 서둘렀지만 주홍이 어머니는 아직이었다.

한 시간쯤 뒤에 젊은 부인이 나를 찾아왔다. 깔끔한 외모에 뼈대는 가는 편이었고 전체적으로 호리호리한 느낌이었다. 부인은 자신을 주홍이 어미라고 소개했다. 눈가가 푹 들어가고 눈 밑이 좀 검었지만 아무리 많이 보아도 삼십대 중반 정도로 밖에 보이지 않았다. 우리 학교 학부형 중에 상당히 젊은 편이었다.

나는 인사를 나누는 내내 주홍이 어머니의 옷깃에 신경이 쓰였다. 주홍이 어머니는 푸른 셔츠와 바지에 하얀 재킷을 입고 샌들을 신고 있었는데, 셔츠 깃 한쪽이 위로 삐죽 솟아 있었다. 몹시 당황한 완벽주의자의 모습이었다. 왠지 애처로웠다.

나는 주홍이 어머니를 상담실로 안내하고 차를 대접했다. 주홍이 어머니는 하얀 면 손수건을 꺼내 찻잔에 입과 손이 닿을 부분을 닦는 데 한참 공을 들였다. 결국 차가 다 식은 다음에야 차 맛을 볼 수 있었다.

"지난번 우리 애가 결석한 날은 정말 죄송했습니다."

주홍이 어머니가 먼저 입을 열었다.

나는 고개를 갸웃하며 기억을 더듬었다. 시간의 모래 속에 묻혀 있던 목소리 하나가 곧 떠올랐다.

"그래요?"

나를 몹시 당황하게 했던 그 무덤덤한 목소리. 다시 떠올려도 당황스럽기는 마찬가지였다.

주홍이 어머니가 침을 삼키는 소리가 내 귀에까지 들렸다.

"그 땐 제가 워낙 경황이 없어서……. 지금에야 사과드립니다."

주홍이 어머니가 말했다.

"아이, 아닙니다."

내가 몸둘 바를 몰라 하며 엉덩이를 들썩거리자 주홍이 어머니가 겸연쩍게 웃었다.

나는 식은 차를 벌컥벌컥 마시고는 본론을 꺼냈다.

"저…… 이상한 선생이라고 생각하셔도 할 수 없어요. 제 귀엔 똑똑히 들리니까요. 주홍이 사물함에 뭔가 있는 것 같아요."

단숨에 말해 버렸다. 중요한 핵심은 다 빠뜨렸지만 어쨌든 한 걸음은 떼었다.

"우리 주홍이는 학교에 가져와선 안 될 물건을 사물함에 숨겨 두거나 할 아이가 아닙니다."

주홍이 어머니가 코를 만지작거리며 정색을 하고 말했다.

"그건 저도 알아요. 하지만 그게…… 물건이 아니에요. 제가 느낀 그대로 말씀드리자면 그건……. 저도 왜 그런 느낌이 드는지 잘 모르겠지만……."

주홍이 어머니의 눈동자가 불안하게 이리저리 흔들렸다.

나는 그 눈을 붙잡으려 애쓰며 말했다.

"쥐요. 주홍이 사물함 안에 쥐가 있습니다."

나는 '쥐'를 발음할 때 특히 크고 또렷하게 말하려 애썼다.

"어디 아프신 거 아니에요?"

주홍이 어머니는 나를 경멸하는 투로 말했다.

목소리가 심하게 갈라졌다. 흥분한 게 분명했다. 순간 나는 위축되었다. 하지만 금방 회복할 수 있었다.

나는 아까 주홍이에게 들었던 말을 떠올렸다. 내가 다가 갔을 때 주홍인 분명히,

"도와 주세요."

라고 말했다. 그 뒤엔 '쥐'란 말도 희미하게 덧붙였다. 쥐!

"제 정신은 말짱합니다."

나는 주홍이 어머니 앞에서 맹세하듯 손을 들고 말했다. 그리고 주홍이가 했던 말을 빌려 썼다.

"도와 주세요, 어머니."

"주홍이에게 가겠어요."

주홍이 어머니가 일어서며 고집스럽게 말했다.

주홍이 어머니는 심하게 떨고 있었다. 더 이상 대화는 무리일 듯 싶었다.

나는 주홍이 어머니를 양호실로 안내했다. 주홍이는 양호 선생님과 이야기를 나누고 있었다. 주홍이 어머니는 두 사람의 대화를 끊더니 주홍이의 어깨를 감싸안고 양호실을 나가 버렸다. 나는 두 사람을 배웅하려 따라 나갔지만 주홍이 어머니는 경계의 날을 세우고 인사할 틈도 주지 않았다.

주홍이와 그 애 어머니를 실은 차는 위태위태하게 흔들리며 달아났다. 차 표면이 지나치게 깔끔했다.

정확히 십오 분 뒤에 또 수업에 들어가야 했다.

2

그 날 아침에 딸아이가 말했다.

"나…… 몇 달 째 생리를 안 해요."

나는 쇠꼬챙이로 창틀에 낀 먼지를 긁고 있었다.

"불규칙한 거겠지. 좀더 기다려 봐."

나는 딸아이의 얼굴도 보지 않고 말했다.

그러자 울먹이는 목소리가 들렸다.

“엄마, 그런 말은 나도 할 수 있어요. 난 다른 말을 듣고 싶어요.”

나는 유리창에 비친 딸아이의 얼굴을 보았다. 딸아이는 내 등을 바라보며 울고 있었다.

한없이 누추해진다. 뒤돌아 서서 딸아이의 얼굴을 마주할 자신이 없다. 계속해서 꼬챙이로 먼지를 긁어 댄다.

나는 엄마다. 엄마는 이럴 때 다른 말을 할 수 있어야 하나 보다. 애초부터 자격이 안 되는 걸 억지로 우겨서 낳았다. 그게 잘못이었는지도 모른다. 눈앞이 흐려진다.

“미안해……. 미안해…….”

같은 말을 자꾸만 되풀이했다. 그 말도 딸아이가 원하는 말이 아닌 것을 알았지만…….

딸아이는 훌쩍 자라 있었다. 나보다 먼저 마음을 정돈하고 학교에 갔다. 나는 뒤늦게까지 감정을 수습하지 못해 쩔쩔매다가 작업실로 숨어 들었다.

슬럼프가 너무 길어지고 있었다. 어서 벗어나 일을 시작하고 싶었다. 나는 작업실 구석에 있는 철제 책상을 돌덩이 앞에 끌어다 놓고 앉아 스케치를 해 보기로 했다.

나는 돌을 쪼기 전에 언제나 종이에 스케치를 먼저 하곤 한다. 그 다음 스케치 중에 마음에 드는 것을 골라 돌 위에

분필로 다시 그려 넣었다. 그러고는 그 선을 따라 조각상의 윤곽을 잡아 나갔다. 처음부터 과감히 정을 들고 시작하는 조각가들도 있지만 나는 그러지 못했다.

나는 연필로 스케치를 하기 시작했다. 환상 속 동물이 주제였다.

스케치가 꽤 쌓였다. 서너 시간쯤 지난 것 같았다. 나는 스케치한 종이들을 모아 죽 넘겨 보았다.

'아, 내가 지금까지 뭘 그린 거지?'

종이엔 쥐들이 가득했다.

나는 스케치한 종이들을 죄다 찢어 버리고 철제 책상 위에 흩어져 있는 지우개 가루들을 쓸어 버리려고 했다. 그러다 그 가루들을 유심히 살펴보았다. 검고 길쭉한 지우개 가루들은 마치 쥐꼬리 같았다. 책상 위에 쥐 떼가 나타난 것이다!

"히엑!"

나는 지우개 가루를 한데 모아 손바닥으로 눌러 비볐다. 지우개 가루는 가래떡처럼 길게 하나로 합쳐졌다. 가운데는 둥글고 통통했고 양쪽 끝은 길고 뾰족했다. 금방이라도 찍찍거리며 살아나 나에게 달려들 것 같았다. 나는 비명을 지르며 위층 거실로 뛰어 올라갔다.

그 때 마침 전화벨이 울렸다.

나는 숨을 가라앉히고 전화를 받았다. 딸아이의 담임선생이었다.

"주홍이가 좀 전에 잠시 기절을 했는데……."

"아……."

순간 온 세상이 핑그르르 돌았다. 나는 소파에 쓰러지듯 앉았다.

담임선생은 딸아이가 곧 깨어났으며 지금은 양호실에서 쉬고 있다고 했다. 빈혈이랬다.

"하아아ー."

크게 한숨을 쉬었다. 입에서만 소리가 날 뿐 막힌 가슴은 뚫리지 않았다. 지금까지 어떻게 숨을 쉬었는지 기억이 나지 않는다. 숨쉬는 법을 잊은 것 같다.

담임선생이 학교로 와 달라고 했다. 나는 그러겠다고 대답하고는 전화를 끊었다.

숨이 막혔다. 나는 억지로 숨을 들이마셨다가 내뿜기를 반복해 보았다. 하지만 답답한 것은 여전했다.

그 때 다시 전화벨이 울렸다. 나는 황급히 전화를 받았다.

"여보세요? 우리 주홍이가 또 쓰러지기라도 한 건가요?"

수화기 저편에선 말이 없었다.

"여보세요? 우리 주홍이 괜찮나요? 여보세요? 여보세요?"

나는 더욱 초조해져서 다그쳐 물었다.

"주홍이가 쓰러진 게냐?"

걱정이 가득 담긴 쇠약한 목소리였다.

맥이 탁 풀렸다. 엄마였다.

"왜 전화했어?"

내가 따지듯이 물었다. 엄마는 당황했는지 말을 더듬었다. 화가 치밀어 올랐다. 나는 폭발하기 일보직전이었다.

"왜 전화했냐니까?"

"그게, 그러니까…… 여름 방학이 얼마 안 남았잖니. 그래서 언제쯤 내려오나 궁금해서……."

"나 바빠. 주홍이도 이제 고등학생이니까 공부해야 하고. 못 내려갈 거야. 기다리지 마."

"그래……? 주홍이는…… 괜찮은 게냐?"

"몰라. 지금 괜찮은지 보러 갈 거야. 더 할 말 없으면 끊어."

나는 괴팍하게 수화기를 내려놓고 쿵쾅거리며 내 방으로 갔다.

옷을 갈아 입는데 눈물이 왈칵 쏟아졌다. 엄마가 너무 불쌍하게 느껴졌다. 늘 이런 식이다. 내가 못되게 굴어 놓고선 엄마가 불쌍해서 운다. 나는 나쁜 딸에, 나쁜 엄마였다.

운전하기에는 심리 상태가 몹시 불안정했지만 아픈 딸아이를 데려오려면 차가 필요할 것 같았다. 나는 몇 번이나 신호를 못 보고 급정거를 했다. 횡단보도에선 개를 칠 뻔했다.

무사히 학교에 도착한 게 기적이었다. 나는 학교 주차장에 차를 세우고는 화장실로 갔다. 거기서 세수를 하고 거울을 보았다. 눈에 자꾸만 눈물이 고여 아무것도 보이지 않았다. 거울 보는 것을 포기하고 얼굴의 물기를 꼼꼼히 닦아 냈다. 그런 다음 심호흡을 몇 번 하고 교무실로 갔다. 그러고 보니, 엄마에게 딱딱거린 뒤부터 줄곧 숨을 잘 쉬고 있었다. 정말 나쁜 딸……

담임선생은 생각했던 것보다 훨씬 젊었다. 젊다기보다 어리다는 표현이 더 어울릴 정도였다. 아직 젖살이 채 빠지지 않은 볼에는 솜털이 남아 있었다. 작고 통통한 어린아이. 안아 주고픈……. 하지만 말하는 것은 외양과 달리 어른스러웠다. 나보다 훨씬 성숙한 사람이었다. 기대고 싶었다. '쥐' 이야기만 하지 않았다면…….

나는 쥐 같은 게 있을 리 없다는 투로 말했다. 선생을 마구 무시해 주었다. 그러나 선생은 건강했다. 쥐의 존재에 대해서도 강한 확신을 가지고 있었다. 두려움 없는 확신. 나는 선생의 그 확신이 두려웠다. 그것은 너무 단단했고 손 댈 곳이 전혀 없었다.

'쥐라니. 미쳤군!'

나는 선생의 이야기를 더 듣고 싶지 않았다. 양호실로 쳐 들어가 딸아이를 데리고 나왔다.

"너희 담임선생은 돌았어!"

딸아이를 차에 태우고 출발하며 말했다.

딸아이는 배를 감싸 안은 채 차창 밖을 바라보다가 등받 이에 기대어 눈을 감았다.

하늘에서 가는 빗방울이 떨어지기 시작했다. 와이퍼가 규칙적으로 움직이며 내는 소리가 날 더욱 불안하게 만들 었다.

집으로 가자마자 딸아이를 제 방으로 올려 보내고 나는 샤워를 했다. 샤워를 하고 나와 딸아이 방문을 열어 보았 다. 딸아이는 창턱에 걸터앉아 창밖을 내다보고 있었다. 나 는 조용히 문을 닫고 거실로 내려왔다.

거실 바닥을 닦고 싶었지만 기운이 없었다. 갑자기 뼈와 근육과 피와 숨이 모두 사라져 버린 듯했다.

나는 또다시 작업실로 내려갔다. 책상 위에는 지우개 가루 뭉친 것이 가로누워 있었다. 나는 그것을 토막 내 쓰레기봉투에 쓸어 담았다. 책상을 다시 구석으로 밀어 두고 돌덩이 앞에 섰다. 커다랗고 시커먼 돌덩이는 넉 달째 같은 모습으로 나를 위협하고 있었다. 그것은 무엇이든 될 수 있었다. 그 속엔 내가 두려워하는 모든 것이 들어 있었다. 지금 상태로 두는 것은 위험했다. 그것으로부터 해방되려면 그것을 쪼아 대는 수밖에 없었다.

나는 정과 망치를 집어 들었다. 작업복 같은 건 필요 없었다. 그 순간 나는 세상에서 가장 위험한 사람이었다. 그 무엇도 나를 나 자신으로부터 보호해 줄 순 없었다.

쥐는 나였다.

정을 힘껏 때린다.

땅. 땅. 땅.

정 소리는 고스란히 나에게로 돌아온다.

아프다. 아프다. 아프다.

꼭꼭 닫아 두었던 기억에 균열이 간다. 기억이 비어져 나온다. 걷잡을 수가 없다.

임신한 것을 알았을 때 내 나이 스물이었다.

스무 살. 가슴이 벅찼던 것 같다. 갑자기 너무 많은 것이 허용되어 당황스럽기도 했지만 일생일대의 축제이기도 했다. 나는 스무 살에 취했으며 스무 살을 즐겼다. 괴로운 사실은, 그 때 내가 무얼 하고 있는지도 잘 알고 있었으며 어떤 결과가 기다리고 있는지도 예상하고 있었다는 것이다. 하지만 아기라니……. 당연한 결과였지만 나는 황당했다. 도와 주는 사람은 아무도 없었다.

　"대체 누구 애냐?"

　"애를 낳겠다고? 너 미쳤구나."

　"어쩌려고 그래, 이것아. 제발 정신 차려!"

　"어쩜 이리 못났니? 좀 똑똑하게 굴어."

　내 가슴에 가시로 남은 말들……. 나를 향한 그 날카로운 목소리와 눈빛들이 아직도 선하다. 사람들은 가시로 나를 찌르며 아무렇지도 않게 "사랑해서."라는 단서를 붙였다. 애정이 담긴 힐책이란 있을 수 없는데. 힐책은 아무것도 되돌리지 못하고 조금도 보탬이 되지 않는데. 힐책은 혹독한 추위일 뿐인데.

　아무리 난처한 일이라도 일은 어디로든 굴러가게 마련이라는 눈앞의 현실만이 위안이었다. 나는 휴학하고 아기를 낳았다. 하지만 세상은 용납하지 않았다. 나를 아는 사람들은 아기를 낳기로 한 내 결정이 잘못이랬다. 나를 모르는 사람들은 애초에 아기를 밴 내 행실이 잘못이랬다. 아기를 낳기로 한 순간부터 오점투성이가 되어 버렸다.

쓸고 닦고 털어 내고 지우고……. 아무리 해도 깨끗해지지 않았다.

왜? 왜?

이제야 알았다. 내가 쥐였기 때문이다. 스무 살을 감당할 수 없게 한 나의 열아홉, 열여덟, 열일곱……이 쥐였다.

아니, 이 세상이 쥐로 득시글거리기 때문이었다. 결혼하지 않은 여자가 아이를 낳을 수도 있다는 가능성을 깜빡한 세상이 바로 쥐였다.

선생이 옳았다. 확실히 쥐는 있다.

땅. 땅. 땅.

돌가루가 부스러진다.

아파. 아파. 아파…….

3

내가 아는 모든 사람들이 높은 벽처럼 나를 에워싸고 있다. 그 중엔 엄마도 있고 할머니도 있고 선생님과 학교 친구들도 있다. TV에서 본 만화 주인공도 있다.

"궁금해." "궁금해." "궁금해."

"네 뱃속에 든 것을 보여 줘." "보여 줘." "보여 줘."

사람들의 목소리는 이중 삼중으로 울려 퍼진다. 그들은 내게로 팔을 뻗는다. 팔은 고무처럼 길게 늘어나 내 배에 닿는다. 수술용 칼처럼 뾰족한 손톱들이 볼록한 내 배를 가르려 한다. 나는 몸부림치며 완강히 거부한다.

그 때 나는 꿈의 세계에서 현실 세계로 툭, 내밀렸다. 나는 눈을 뜨기 전에 기도했다.

'눈을 떴을 때 뱃속이 깨끗이 비워져 있었으면……'

눈을 뜨니 양호실 침대에 누워 있었다.

침대는 나란히 세 개가 있었는데 다른 두 개는 비어 있었다. 파란색 높은 칸막이가 내 침대 바로 옆에 세워져 있었다. 칸막이가 천장에 달린 형광등 불빛을 가려 주어 칸막이 안쪽은 어두웠다.

칸막이 밖에서 인기척이 들렸다. 칸막이 밑으로 하얀 샌들이 보였다. 양호 선생님인 듯했다. 선생님은 나를 방해하지 않으려고 조심했다. 가끔 천장 쪽에서 의자 끄는 소리가 짤막짤막하게 들릴 뿐 방해하는 소음은 없었다.

나는 손으로 배를 더듬어 보았다. 뭔가 있다.

잠시 뒤 종이 쳤다. 수백 개의 발이 천장 위를 굴러 대는 소리가 들렸다.

칸막이 사이가 살그머니 벌어지더니 누군가 발소리를 죽이고 들어왔다. 양호 선생님이었다.

"일어났구나. 좀 어떠니?"

양호 선생님은 뒤늦게 내 얼굴을 보고는 말했다.

나는 몸을 일으키려다가 인상을 잔뜩 찌푸렸다. 머리가 지끈거렸다.

"머리가……."

"일어나지 않아도 돼. 좀더 누워 있으렴."

나는 오른쪽 팔뚝을 문질렀다. 뻐근했다.

"빈혈이더구나. 철분제를 주사했어."

양호 선생님이 내 이마를 짚으며 말했다.

양호 선생님은 인자한 웃음을 지으며 나를 내려다보았

다. 무엇이든 털어놓고 싶게 만드는 얼굴이었다.

한 번 말해 볼까?

"제 뱃속에 쥐가 있어요."

마침내 해 냈다. 후련함 반에 허탈함 반. 나는 양호 선생님의 눈치를 살폈다. 다행히 양호 선생님은 흔들리지 않았다. 놀라웠다.

"뭔가 있는 줄은 알고 있었지. 방금 피 검사를 해 봤거든. 그런데 그게 쥐였구나."

나는 힘없이 고개를 끄덕였다.

"최 선생은 사물함 안을 의심하고 있는 것 같더구나. 당황해서 뒤죽박죽으로 말을 끄집어 냈지만 다 알아들었지."

나도 처음엔 그랬다. 내 사물함 안에 쥐가 있다고 착각했다. 그래서 사물함 열기를 꺼렸고 지금은 가방 끈이 끊어지는 한이 있더라도 모든 책을 들고 다닌다.

"어떻게 해서 뱃속에 쥐가 들어가게 되었지?"

양호 선생님이 물었다.

난 그 바보 같은 물음에 무척 화가 났다. 나는 양호 선생님을 매섭게 쏘아보았다. 혹시 그녀가 '부드러운 목소리로 묻기만 하면 모든 게 잘 풀린다'고 생각하는 단순한 인간인가 싶어서였다. 하지만 곧 깨닫게 되었다. 그녀는 지금 나를 추궁하거나 나무라는 것이 아니라 정말로 궁금해하고 있는 것이었다. 그 점이 마음에 들었다.

"제 잘못이 아니었어요."

나는 겁이 나는 것을 감추려고 냉정하게 잘라 말했다. 손이 덜덜 떨렸다.

"알아. 당연히 네 잘못이 아니지."

양호 선생님이 내 손을 꼭 붙잡으며 말했다.

"제 잘못이 아니었다고요! 그런데도 저는 잘못되었어요. 이게 말이 된다고 생각하세요?"

"넌 잘못되지 않았어. 누가 널 아프게 했기 때문에 네가 아픈 거야."

기침처럼 울음이 나왔다. 울음과 함께 날 아프게 하는 병균이 빠져나갔으면.

"그 쥐를 어떻게 해야 할지 생각해 보자꾸나."

내가 어느 정도 진정이 되었을 때 양호 선생님이 내 머리를 쓰다듬으며 말했다.

나는 물을 가져다 달라고 부탁하고는 일어나 앉았다. 그리고 칸막이를 치워 달라고 했다.

"언젠가 쥐가 다 크면 네 뱃속에서 나오려고 할 거야. 그

것이 밖으로 나왔을 땐 쥐 모습을 하고 있지 않을 거란다."

선생님은 침대 옆으로 의자를 끌고 와 앉아 내게 이야기했다.

"알고 있어요."

나는 떨고 있었다.

"넌 현명한 아이란다. 그러니 네가 내리는 판단도 분명히 현명할 거라 생각되는 구나."

양호 선생님이 내 어깨에 담요를 덮어 주며 말했다.

"제가 어떤 판단을 내리든지요?"

"아암."

양호 선생님이 고개를 끄덕이며 내 손을 꼭 잡아 주었다.

"부탁하건데, 그저 걷다가 우연히 만나는 길을 무작정 걷지는 말거라. 같은 길을 걷게 되더라도 네가 고른 길을 당당하게 걸으렴."

나는 선생님의 말뜻을 어렴풋이 이해할 수 있었다.

선생님은 임신과 관련된 소책자를 주었다. 산부인과 의사의 명함과 미혼모를 위한 복지 시설의 연락처가 적힌 목록도 주었다.

그 때 엄마가 들이닥쳤다. 나는 선생님께 받은 것들을 황급히 옷 속에 감췄다. 엄마는 선생님에게 인사할 틈도 주지 않고 나를 끌고 나가 버렸다.

나는 집으로 오는 차 안에서 내내 눈을 감고 있었다. 엄마의 얼굴을 똑바로 볼 수가 없었다.

나는 집에 가자마자 방으로 올라갔다. 엄마는 잠을 좀더 자 두라고 했지만 잠이 오지 않았다. 나는 창틀에 기대어 앉아 창밖을 바라보았다. 무르익은 여름이 비에 촉촉이 젖어 있었다.

이대로 영원히 닫아 두고 싶지만 나는 기로에 서 있었다. 선택해야 했다. 이미 시간을 너무 오래 끌었다. 더 늦으면 어느 길이든 등을 떠밀려 걸어야 한다. 엄마도 그걸 알 것이다.

엄마가 지하에서 작업하는 소리가 들렸다.

땅. 땅. 땅.

마치 나를 내리치는 소리 같다. 심장에 정을 맞는다.

아프다. 아프다. 아프다.

엄마, 실망시켜서 죄송해요. 정말 죄송해요……. 하지만 이건 제 탓이 아니잖아요.

제4부

처치 곤란

1

나는 빗방울이 연못 표면을 통통 두드리는 것을 본다. 두려우리만치 짙은 초록은 빗방울이 더해짐에 따라 조금씩 옅어 졌다. 노란 붕어가 비 맛을 보려는 듯 연못물을 빠끔빠끔 들이켠다.

모든 일과를 마치고 양호 선생님을 만났다. 선생님은 내게 충격적인 사실을 알려 주었다. 나는 완전히 잘못 짚고 있었다. 문제는 사물함이 아니었다. 쥐는 주홍이의 뱃속에 들어 있었다.

"그럼 어떡하죠?"

나는 바보 같이 이렇게 물었다.

"우리가 대신 결정해 줄 수는 없답니다. 주홍이가 원하는 것을 찾을 수 있도록 도와 주는 것이 최선이겠지요. 주홍이가 무엇을 택하든 지금 가장 절실한 것은 용기일 거예요."

양호 선생님이 내 어깨를 두드리며 말했다.

그 날 저녁 김 선생과 소주를 걸쳤다. 두 사람 다 얼큰하게 취했을 무렵 내가 주홍이 이야기를 꺼냈다. 김 선생은 말없이 술잔을 기울였다.

"선생님이 저라면 어떻게 하시겠어요?"

내 물음에 김 선생은 이마에 주름을 잔뜩 만들었다.

김 선생이 한참 만에 입을 열었다.

"교무부장 선생님한테 들은 얘긴데, 작년에 자퇴한 여학생이 하나 있었대요. 말이 자퇴지, 자퇴 '당한' 거나 마찬가지인 것 같더라고요. 얼마 전에 학교에 찾아왔는데, 시설에 들어가 아기를 낳고 입양 시켰다더군요. 지금은 검정고시 준비를 하고 있다고, 공부에 대한 조언을 구하러 왔다나 봐요."

"그 말씀은……."

"아기를 낳겠다고 결정한 순간 학교에서는 추방당하는 거예요."

"말도 안 돼요."

"더 말도 안 되는 건, 절반의 책임이 있는 남학생은 지금 3학년에 올라가 입시 준비에 한창이라는 거죠. 학교는 여학생을 퇴학시키고 일을 조용히 덮으려 했어요. 거기에 대해 아이들에게 어떠한 설명도 없었죠. 모두들 빤히 아는데도 쉬쉬하며 넘어갔어요. 당연히 성교육 같은 것도 없었고요."

뭐라 할 말이 없었다. 과연 내가 '학교 방침'과 맞서 싸울 수 있을까? 임신하면 추방이라니…….

너무 쉽게 아이들을 버리는 학교. 아이들은 가시밭길을 걷는다. 어린 속살을 긁히고 찔리며 위태위태하게 걷는다. 피가 나고 상처가 곪아도 학교는 한쪽 눈을 감고 아이들을 방치해 둔다. 아이들은 '알아서 잘' 크는 수밖에 없다.

우리는 날이 새도록 술잔을 부딪쳤다.

며칠 뒤, 기말고사가 시작되었다.

기말고사 첫날 아침에 주홍이가 나를 찾아왔다.

우리는 연못가에 앉아 이야기를 나누었다.

"병원엔 가 봤니?"

"네……. 5개월이래요."

나는 주홍이의 배를 보았다. 교복 윗옷이 헐렁해 표가 잘 나지 않았다.

"시험 끝나고 수술 받으려고요. 마침 방학도 하니까……."

입 안에서 쓴맛이 느껴졌다.

"네 생각이니?"

"……그런 것 같아요."

"그런 것 같다니?"

주홍이는 연못물에 손을 담그고 살살 휘저었다. 붕어는 성가시다는 듯 연못 바닥에 배를 붙이고 꿈쩍도 안 했다.

"낳으면 좋겠지만 기를 자신은 없어요. 되고 싶은 건 없지만 공부는 계속 하고 싶고요. 그리고 무엇보다도…… 엄마를 슬프게 만들고 싶지 않아요. 슬퍼하는 모습 보는 것도 지겨워요."

나는 해 줄 수 있는 게 아무것도 없었다. 수술 날 곁에 있어 주겠다고 했지만 주홍이는 그마저도 거절했다.

"멀리서 기도해 주세요. 나중에 꼭 문병 오시고요."

주홍이는 맑게 웃었다. 너무나 아프도록 맑게.

그리고 주홍이는 아무렇지도 않은 듯이 시험을 치러 냈다. 시험공부를 못 했다고 호들갑 한 번 못 떨어 보고, 시험이 어렵다고 푸념 한 마디 못 떼어 보고…….

그렇게 요란하던 '쥐를 잡자' 게임은 시험기간이 되자 쑥 들어갔다. 더위와 변덕스러운 날씨만이 기승을 부렸다.

잔인한 6월이었다.

방학을 맞고 이틀 뒤, 주홍이의 수술 날이었다. 머리가 멍하고 아무 일도 손에 잡히지 않았다. 전날 나는 잠을 설쳤다.

새벽녘에 주홍이에게서 전화가 왔었다.

"선생님, 무서워요. 나라는 아이, 진절머리가 나요."

나는 눈물을 흘리는 것 외엔 아무것도 해 줄 수가 없었다.

수술이 시작된다던 아침 아홉 시. 시간은 더디 흘렀다. 나는 주홍이 생각에 물 한 모금 넘길 수가 없었다. 피가 마르는 듯했다.

보통 낙태 시술에 걸리는 시간은 십 분에서 십오 분 사이였다. 그러나 태아가 큰 만큼 유도분만을 해야 할 터였다. 아기를 죽여서 낳는다. 주홍이도 한 번 죽는 셈이다. 나 자신의 무력함에 치가 떨렸다. 아무것도 할 수 없다니!

엄지손톱 아래가 따가워서 봤더니 피가 흐르고 있었다. 나도 모르게 손톱을 물어뜯어서 손톱이 절반도 채 남아 있지 않았다. 열 손가락 모두 그 모양이었다. 겨우 이 정도 피를 흘려도 쓰리고 아픈데 주홍이는 얼마나 아플까. 얼마나 무서울까.

나는 주홍이를 위해 기도했다.

2

돌덩이는 3할 정도가 가루로 돌아갔다. 그래도 돌덩이는 아직 돌덩이였다. 그것의 형체는 아직 완성되지 못했다. 거기서 무엇이 나올까. 무엇인가 나올 것이다. 완성된 순간 느낄 수 있을 것이다. 더 손대지 않아도 딱 좋은 상태, 그 상태를 향한다.

작업실에서 올라왔을 때 딸아이가 우두커니 소파에 앉아 나를 기다리고 있었다.

내가 그 아이를 외면하고 방으로 들어가려 하자 아이가 내 손목을 붙잡듯이 말을 건넸다.

"아기…… 낳아 볼까?"

그 순간 나는 돌아 버렸다. 거칠게 걸어가서 따귀를 때렸다. 고개가 홱 돌아가고 새빨간 손자국이 났다.

우리 둘레에 쳐진 높은 벽을 보라고 고함을 칠 작정이었다. 내가 그 앨 낳고 어떻게 살아 왔는지 지루하게 얘기해 줄 생각이었다. 하지만 그럴 필요가 없었다.

"그냥 해 본 말이에요. 다음 주에 수술 날짜 잡혔어요."

딸아이가 피식 웃으며 말했다.

마음이 놓이는 한편 일이 엇나가고 있다는 느낌을 지울 수가 없었다. 왠지 가슴이 허전했다. 내가 잘못 살아 온 걸까? 지난 17년이 손가락 사이로 빠져나갔다. 마치 모래알갱이처럼. 나는 빈손을 가만히 내려다본다.

　딸아이는 나에게서 아무것도 기대하지 않았다. 오히려 나를 보호하려 안간힘을 쓰고 있었다. 나는 다 알면서도 받기만 했다. 나쁜 엄마다.

　수술이 하루 앞으로 다가왔다. 나는 침대에서 일어날 기운조차 없어 마냥 누워 있었다. 주방 쪽에서 부스럭대는 소리가 들렸다. 나는 억지로 일어나 소리가 들리는 쪽으로 가 보았다. 딸아이가 두 손을 허리에 얹은 채 냉장고 앞에 서 있었다.

　"뭐 하니?"

　내가 두려워하며 물었다.

　"냉장고 청소 좀 하려고요. 엄마는 방에 들어가서 누워 계세요."

　나는 고개를 가로저으며 냉장고 앞에 무릎을 꿇고 앉았다. 딸아이가 조심스럽게 냉장고 문을 여는 것을 지켜 보았다. 무려 다섯 달 동안이나 열어 보지 못한 냉장고 안에는 쥐가 없었다.

딸아이와 나는 일일이 반찬통 뚜껑을 열어 안에 든 내용물을 확인했다. 깻잎 무침에는 허옇게 곰팡이가 뒤덮여 있었고, 콩나물은 질펀한 죽으로 변해 있었다. 계란에선 구린내가 진동을 했고, 김치는 진한 고동색으로 죽어 있었다. 소박이를 담그려고 사 뒀던 오이는 아주 작고 보기 흉하게 말라비틀어져 있었다. 우리는 그것을 죄다 쏟아 버리고 반찬통을 깨끗이 씻었다. 역겹다거나 지독하다는 표정은 짓지 않았다. 우리는 맨손으로 독하게 그 일을 해치웠다. 말은 한 마디도 하지 않았다. 마무리로, 텅텅 빈 냉장고 안을 행주로 박박 닦았다. 그리고 그 안에 밴 냄새를 빼려고 냉장고 문을 활짝 열어 두었다. 우리는 텅 빈 냉장고 안을 들여다보며 나란히 앉았다.

"엄마, 무슨 말이든지 해 줘요. 제발."

딸아이가 담담한 표정으로 말했다.

울컥 눈물이 나오려 했다. 우는 모습을 또 보이기가 미안해서 꾹꾹 누르고 말했지만 결국 울음이 섞여 들었다.

"너…… 아플 거야."

딸아이가 내 목을 끌어안았다. 눈과 코가 뜨거워지고 귀가 먹먹해졌다. 우리는 그렇게 한동안 부둥켜안고 서로를 위로했다.

　그 날 밤, 나는 가방에 딸아이의 속옷과 깨끗한 수건 몇 장을 챙겼다. 그것들이 딸이 쏟아 내는 피로 흠뻑 젖을 것을 생각하니 가슴이 미어졌다.

　내가 죄인이었다. 나는 딸아이를 이 세상에 낳으면서 이미 한 번 죽였고 내일 또 한 번 죽일 것이다. 그리고 지난 다섯 달, 아니 지난 17년 동안 죽음보다 더욱 가혹한 냉대와 외면으로 폭력을 가했다. 그런데도 딸아이는 내 죄를 대신 뒤집어쓰려 하고 있었다.

　나는 수화기를 들고 미친 듯이 번호를 눌렀다. 그러고는 다짜고짜 이렇게 말했다.

　"엄마, 그 저주 좀 풀어 줘. 나한테 걸었던 그 저주 말이야! 내가 잘못했어요, 엄마. 응? 제발……."

　수화기 저편에서 울음소리가 들렸다. 나는 계속해서 매달렸다.

　"엄마! 나랑 똑같은 딸 낳으라고 했던 말 취소해 줘, 응? 부탁이야. 제발, 제발……. 우리 주홍이 불쌍해서 어떡해. 우리 주홍이 아무 잘못 없는데……."

　"내가 죄인이다……. 내가 죄인이야……."

엄마는 한숨처럼 그 말만 되풀이했다.

억장이 무너졌다. 차라리 17년 전으로 돌아가 죽어 버렸으면……. 그 때 그랬으면…….

다음 날 우린 택시를 타고 병원에 갔다. 앞이 캄캄해서 도저히 운전을 할 수가 없었다. 병원으로 가는 내내 딸아이가 내 손을 잡고 토닥였다. 저도 불안하면서 나를 안심시키려고 안간힘을 쓰고 있었다. 열일곱이란 나이에 어울리지 않는 자기 절제. 내 무게가 딸아이의 숨통을 조인다는 걸 나는 왜 모르고 있었던 걸까.

딸아이는 수술복으로 갈아 입고 가지런히 몸을 추슬러 침대 위에 누웠다. 내 딸. 아직 어린 내 딸.

의사가 들어와 수술 절차를 설명했다. 태아가 너무 커서 긁어 내거나 흡입하는 방식으로는 불가능하다고 했다. 뱃속에서 아이가 죽게 한 다음 유도분만을 해야 한다고 했다. 하늘이 노랗다. 출산과 똑같은 고통. 그걸 딸애에게 주어야 했다.

"지금도 늦지 않았어. 우리 그냥 나가도 돼."

딸아이에게 말했다.

딸아이는 고개를 가로저었다.

"아무 일도 없었던 것처럼 살고 싶어요. 그럴 수 있을 거야."

동의서에 서명할 때 앞으로는 기도할 수 없을 거라 생각했다. 무슨 면목으로 하느님을 부른단 말인가.

나는 침대 옆에 무릎을 꿇고 앉아 자장가를 흥얼거렸다. 딸아이를 가졌을 때 곧잘 부르던 노래였다.

딸아, 넌 곧 잠이 들 거야. 그리고 눈을 떴을 땐 내가 달라져 있을게. 강해질게. 아픔아, 너도 함께 잠들어라. 그리고 영영 깨어나지 말거라. 혹여 깨어나거든 우리 어린 딸 말고 내게로 오너라. 내게로.

딸아이가 스르르 눈을 감았다.

분만실 앞에서 나는 내 지난 과거를 돌이켜 본다.

양수가 터진 채 혼자서 두 발로 수녀원까지 걸어간 스무 살의 나. 수녀원 철문을 두드리며 생각했다. 아기를 낳다 죽는다면 무척 억울할 것 같다고. 난 아기라는 '것'에 정이 없었다. 그러나 아기는 참 신기했다. 아기를 처음 본 순간 확신했다. 아기를 낳은 건 어쩌면 그리 큰 불행이 아니었는지도 모른다고. 아기를 낳고 부터 아기가 나를 살리고 아기가 나를 키웠다.

가장 먼저 그가 떠나고, 모든 사람이 떠나고, 가족마저 떠나고, 허전한 자리를 아기가 온통 메웠다. 그 때 내게 아기는 세상보다도 큰 존재였다. 그래서 버거웠다. 가끔은 버리고도 싶었다. 세상을 향한 증오와 분노의 화살을 아기에게 겨누기도 했다. 하지만 아기는 한없이 연약했고 그 연약함이 내게 살아갈 이유를 주었다. 아기는, 미숙하고 못나빠진 한 인간을 차별하지 않고 열렬히 필요로 하고 있었다. 기뻤다. 시간이 흘러, 그 아기는 혼자서 일어섰고 엄마 손을 놓고도 아장아장 잘 걸을 수 있게 되었다. 학교에도 가고 친구도 사귀더니 생각이 많아지고 말수가 적어졌다.

아기를 놓아 주기로 했다. 사실은 등을 떠밀어 몰아 냈다. 외면했다. 내가 덜 비참해지기 위해서. 순전히 날 위한 것이었다. 쓸모 없는 존재가 되기 전에 쿨하게 등을 돌렸다. 그게 잘못이었다. 후회. 후회. 자기혐오.

이제 와서……. 후회. 후회. 자기혐오.

또 후회……. 후회…….

과거의 늪에서 허우적거리고 있을 때 간호사가 다가와 분만실 상황을 알렸다. 딸아이가 자꾸만 까무러치고 있다고 했다.

　딸아, 끈을 놓아선 안 돼. 정신을 차려야 해.

　분만은 네 시간이 조금 넘게 걸렸다. 불쌍해서, 너무 불쌍해서 미칠 것만 같았다.

　"무사히 끝났습니다. 따님은 지금 회복실에 있으니 가 보세요."

　딸아이의 머리는 땀으로 푹 젖어 있었다. 마지막 순간에 또 까무러쳐서 아직 깨어나지 못한 상태였다.

　"이제 모든 게 끝났어. 아가."

　나는 땀을 닦아 주며 속삭였다.

　딸아이의 눈꺼풀이 파르르 떨렸다.

　간호사가 들어와 영양 주사 놓을 준비를 했다.

　"푹 자고 일어나면 다시 예전처럼 돌아가는 거야. 우리 다시 시작하자."

　나는 다시금 속삭였다.

　딸아이는 곧 깨어났다. 깨어나자마자 영양 주사를 맞고 미역국을 먹었다. 미역국에 눈물을 빠뜨리면서도 딸아이는 악착스럽게 먹었다. 그러곤 모두 게워 냈다.

3

방을 어둡게 하고 누워서 눈을 감고 있었다. 빗소리가 들렸다. 잠이 오지 않았다.

양호 선생님이 준 소책자를 보았다. 한 글자도 놓치지 않고 모두 읽었다.

'그래도 혹시 모르니까.'

나는 비옷을 입고 나가 약국에 갔다. 집 앞 상가에도 약국이 두 개나 있지만 버스를 타고 다른 동네에 있는 약국까지 갔다. 비옷에 붙은 모자를 벗지도 않고 물을 뚝뚝 흘리며 말했다.

"임신테스트기 주세요."

소화제 주세요, 멀미약 주세요, 그런 말들을 하듯이 덤덤하게 말하려 노력했다. 잘 해 낸 것 같다.

테스트기를 받아 들고 나오는데 '요즘 애들 당돌하다' 그 두 마디가 뒤에서 뚜렷하게 들려 온다.

편의점에서 종이컵을 사가지고 패스트푸드점 화장실에 들어갔다. 집에선 차마 못 할 것이다. 집에는 엄마가 있다. 종이컵에 오줌을 받아 테스트기를 담았다. 조금 뒤 테스트기에 선명하게 두 줄이 나타났다. 그걸 보고도 '혹시 모른다' 고 생각하는 나 자신이 너무나 끔찍했다.

배도 불룩하고 가슴은 퉁퉁 불었다. 몸이 내게 말을 걸고 있었다. 나는 그 말을 무시한다.

'아닐 거야.'

그 순간 뱃속에서 무언가가 움찔거린다.

'싫어! 그러지 마.'

다음 날 학교가 끝나고 혼자서 산부인과에 갔다. 갈아 입을 옷을 미처 준비하지 못해서 교복을 입고 갔다.

그 날 종례 시간에 담임선생님이 나를 불러 철분제 한 통을 건넸다. 선생님은 별다른 말을 하지 않았다. 오늘 병원에 갈 생각이라고 하자 함께 가 주겠다고 했지만 내가 거절했다. 아는 사람이 하나도 없는 것이 차라리 편할 것 같았다. 담임선생님은 양호 선생님 이름을 대면 공짜로 진료해 주는 곳을 알려 주었다.

그 곳 의사는 청진기를 대 보고 배를 만져 보더니 검사할 필요도 없다고 생각하는 것 같았다. 그러나 확실히 해 두기 위해 초음파 검사를 해 보자고 했다. 나는 초음파 사진을 보지 않기로 했다. 의사가 "있다."고 하면 그렇게 믿기로 했다. 사진을 보면 더욱 힘들어질 것이다. 그런데 "있다"

니. 정말로? 결국 의사를 믿지 못하고 사진을 보고 말았다. 정말 내 뱃속을 찍은 사진일까 의심이 되었다. 거기엔 사람 하나가 웅크리고 있었다. 손도 있고 발도 있다. 쥐가 아니다! 나는 의사에게 낳을 경우와 지울 경우, 두 가지를 모두 물었다.

내 뱃속의 사람은 활발하게 움직였다. 묘한 느낌에 잠을 설쳤다.

기말고사가 며칠 남지 않은 시점이었다. 결정을 미루고 공부를 해 보기로 한다. 책을 펼쳐도 자꾸만 딴 생각이 눈앞을 가로막는다.

아기를 낳는다면 이게 다 무슨 소용일까?

과연 내가 무사히 낳을 수 있을까?

아기가 쥐를 닮았으면 어떡하지?

아기를 기를 수 있을까? 엄마처럼?

엄마처럼……. 엄마…….

내가 엄마가 되는 것이다. 내가?

나는 세차게 도리질을 한다.

입양시키는 방법도 있어! 하지만 학교는? 이대로라면 학기 중에 아기를 낳아야 한다.

내가 할 수 있을까? 엄마는? 엄마는 그런 나를 견뎌 줄까?

지우면 간단해질까? 지우는 건 쉬울까?

만일 아기를 지운다면 나는 이전과 똑같아질 수 있을까? 똑같이 평범하게?

평범해지면 그 다음엔 무얼 하지? 공부?

눈물이 나온다. 엄마도 불쌍하고 아기도 불쌍하다.

엄마는 지하실에 온종일 처박혀 돌덩이에 화풀이를 하고 있었다. 엄마는 누구보다도 나를 이해하기 때문에 누구보다도 분노를 느낄 것이다. 내가 아닌 엄마 자신에게. 나는 엄마에게 무엇일까?

생각하면 할수록 나의 선택은 분명해졌다. 거기다 엄마에게 따귀까지 맞으니 도장을 쾅 받은 기분이었다. 엄마는 내게 세상보다도 큰 존재였다. 독해지기로 했다.

수술 날짜를 잡고 기말시험을 치렀다.

나 자신을 잊을 만큼 시험에 몰두했다. 엄마가 자신에 대한 분노를 조각으로 풀어 내고 있듯이 나 자신에게 향하는 분노를 시험에 몰두하는 것으로 해소하고 싶었다. 그러나 뱃속에 무언가가 있는 느낌은 잊힐 수 있는 성질의 것이 아니었다. 그건 이물질이 아니라 또다른 나였다. 내가 달라진 것이다. 하지만 마냥 거부하고 싶다.

수술 날짜가 하루 앞으로 다가왔다. 지금까지 치른 시험과는 비교도 안 될 만큼 큰 시험이 기다리고 있었다.

시험을 치르고 후회하지 않을 자신이 있는가?

모르겠다.

나는 할 일이 없는 것을 견디지 못하고 아래층으로 내려갔다. 초조함에 나를 잠식당하기 전에 허우적거려 볼 생각이었다.

"어쩔 수 없었어."

나는 냉장고 앞에 서서 변명을 해 본다.

미안하단 말은 삼켜 버린다. 도저히 할 수가 없다.

뻔뻔한 인간! 뻔뻔한 인간!

사방에서 나를 힐책하는 소리가 들린다. 귀를 막아도 그 소리가 끊이지 않는다.

그 때 엄마가 내 등 뒤에서 나타났다. 엄마는 또 한 번 나를 구했다. 17년 전에 한 번, 오늘 또 한 번. 엄마는 나보다

위대한 사람이었다. 엄마는 나를 낳고 길렀다.

　우리는 마침내 냉장고 문을 열었다. 쥐는 없었다. 그걸 확인하기까지 얼마나 오랜 시간이 걸렸는지. 좀더 일찍 함께 문을 열어 보았더라면……. 그랬다면 지금 뭔가 달라졌을까? 모르겠다.

　아침이 올 때까지 눈을 뜨고 기다렸다.

　대리 시험 불가. 시험 거부 불가.

　'시험 시간이 빨리 지나가 버렸으면.' 하는 마음도 불가.

　아플 만큼 아파야 했다. 내 몫으로 할당된 내 아픔이었기 때문에.

　엄마는 분만실로 들어가는 나를 위해 자장가를 불러 주었다. 스르륵 눈이 감겼다.

　마취는 하지 않았다. 현장에 있어야 했다. 살인 현장에. 내가 지시한 살인. 뼈마디가 벌어지는 고통이 몇 시간동안 계속되었다. 몇 번이고 까무러쳤던 것 같다. 다시 깨어나도 시험은 끝나지 않고 있었다. 악몽의 연속.

　마침내 무언가가 내 몸 밖으로 쑥 빠져 나왔다. 내장이 다 빠져 나간 듯했다. 얇은 껍데기만 남은 기분. 그 때 나는 머릿속이 텅 비어 아무 생각도 나지 않았다. 말도 잊었고 내가 누군지도 잊었다. 모든 감각이 둔해지고 귀가 먹먹해 마치 물에 빠진 듯했다. 난 그저 눈을 말똥말똥 뜬 채 분만실 안을 두리번거렸다. 뭔가 보여도 그게 뭔지 알지 못했다. 세상이 흔들렸다.

작은 사람이 시커먼 피로 범벅이 된 채 내 밑에서 꼼짝도 않고 누워 있었다. 의사가 작은 사람의 다리를 한 손으로 들어 휴지통처럼 생긴 스테인리스 통에 넣었다. 멀리서 '퉁!' 소리가 들렸다. 의사를 돕고 있던 간호사가 나를 보고 황급히 내 눈을 가렸다.

나는 또 까무러쳤다.

"이제 모든 게 끝났어. 아가."

누군가 아주 먼 곳에서 내게 말하고 있었다.

끝이라고? 그렇다면 시작이 언제였던가? 내게 무엇이 시작되고 무엇이 끝난 걸까?

묻고 싶었지만 내겐 말할 힘이 없었다.

정신을 차렸을 땐 회복실에 누워 있었다. 엄마가 침대 옆에 앉아서 기도를 하고 있었다. 팔에 주삿바늘이 꽂혀 있었다. 링거 병에서 영양제가 한 방울씩 똑똑 떨어졌다. 사람을 죽여 놓고 영양제라니……. 혐오스러워 몸이 떨렸다.

미역국이 나왔다. 냄새만 맡아도 구역질이 나오려 했다. 하지만 먹어야 했다. 엄마는 내가 미역국을 먹기를 바라고 있었다. 그리고 모든 것을 되돌리기 위해 방금 전에 저지른, 그 무시무시한 일은 결코 되돌릴 수 없었다. 미역국 한 그릇 안 먹는 정도의 유치한 자기학대로 죄를 조금이나마 용서받으려는 것은 비겁한 짓이었다. 나는 미역국을 꾸역꾸역 입 안으로 밀어 넣고 억지로 삼켰다. 그것도 내 몫의 아픔이었다. 그러나 몸에서 거부했다. 나는 죄다 쏟아 냈다.

이루 말할 수 없을 만큼 속이 허했다. 스테인리스 통에 담긴 작은 사람은 어떻게 처분되는 걸까. 내가 대체 무슨 짓을 저지른 거지? 그제야 모든 감각이 생생하게 돌아왔다. 내 몫의 아픔이 온 감각을 통해 내게 못질을 해 댔다.

제5부

아직도 쥐가 있다

<u>1</u>

나는 결국 빈손이었다.

주홍이네 집까지 가는 길에 꽃가게도 기웃거려 보고 서점도 둘러보고 선물가게에도 들어가 한참 시간을 보냈지만 번번이 빈손으로 나올 수밖에 없었다. 그 어떤 꽃도 주홍이를 위로할 순 없을 것 같았다. 그 어떤 글귀도, 그 어떤 선물도 주홍이를 치유할 순 없을 것 같았다.

오랫동안 망설인 끝에 초인종을 눌렀다. 그 순간 후회가 밀려들었다. 나 또한 주홍이에게 아무런 위안도 주지 못할 것임을 그제야 깨달았다. 지금 주홍이를 만나려는 것은 순수하게 주홍이를 위한 일이 아니었다. 그저 내가 안심하기 위해 문병이라는 핑계로 주홍이를 괴롭히는 것인지도 몰랐다.

마당에서 발소리가 들렸다.

나는 도망치려고 했으나 한발 늦고 말았다. 문이 열리고 주홍이 어머니가 나왔다.

"선생님······!"

주홍이 어머니는 내 손을 덥석 잡았다. 얼굴이 수척했다.

"면목 없습니다. 얼마나 상심이 크십니까······."

나는 간신히 입을 떼었다.

"잘 오셨어요. 그러잖아도 주홍이가 선생님께 연락 드려야 한다고······. 저는 너무 죄송스러워서 전화도 못 드리고······. 정말 잘 오셨어요."

주홍이 어머니가 울먹였다.

나는 주홍이 어머니를 따라 주홍이 방으로 올라갔다. 주홍이의 방 안에는 푸른 기운이 가득했다. 방 안에 들어서자 숨이 멎을 만큼 차갑고 무거운 공기가 내 어깨를 짓눌렀다. 여름임을 무색하게 만드는 냉기였다.

주홍이는 새파랬다. 뺨이며 이마, 손등까지도. 피부에서 푸른빛이 감돌았다. 주홍이는 천장에 눈을 고정시킨 채 힘없이 눈을 깜박였다.

"많이 여위었구나."

나는 주홍이의 툭 불거진 쇄골을 보고 말했다.

목이 메었다. 마지막으로 본 것이 불과 보름 정도밖에 안 되었는데 이토록 마를 수 있다니.

"자꾸······ 악몽을 꿔요······. 제가······ 잘못된 결정을…… 내렸던 것 같아요…….”

주홍이가 꽉 잠긴 목소리로 띄엄띄엄 말을 이었다.

뒤에 서 있던 주홍이 어머니가 갑자기 격렬하게 흐느끼기 시작했다.

나는 고개를 가로저으며 말했다.

“아무도 네 결정을 탓할 순 없단다.”

주홍이는 천천히 손가락을 들어 올려 하늘을 가리켰다. 주홍이의 눈에 한없이 깊은 슬픔이 어려 있었다.

“그분이 절 탓하고 계세요.”

주홍이는 잔뜩 겁에 질린 표정으로 돌변하더니 하악, 하악, 숨을 내뱉었다. 호흡하기가 곤란한 듯했다. 주홍이 어머니가 다급히 다가와 안정제를 먹이고 담요를 덮어 주었다.

나는 주홍이 어머니를 따라 거실로 내려왔다. 아래층에는 매캐한 연기가 꽉 차 있었고 타는 냄새가 진동을 했다. 놀란 주홍이 어머니가 주방 쪽으로 달려갔다. 가스레인지 위에 올려놓은 미음이 바닥까지 졸아 붙어 타고 있었다. 내가 창문을 열려고 하자 주홍이 어머니는 말리려다 그만두었다. 나는 창문을 활짝 열었다. 뜨거운 공기가 집 안으로 흘러들어와 연기와 냄새를 서서히 몰아 냈다.

“자꾸만 음식을 토해 버려요. 제가 보는 앞에선 억지로

라도 먹는데 나중에 보면 여지없이 토해 놓았어요."

주홍이 어머니가 불안하게 손을 만지작거리며 말했다. 나는 주홍이 어머니를 소파에 편히 앉히며 말했다.

"너무 염려 마세요. 아직 충격에서 벗어나지 못해서 그럴 거예요. 주홍이가 안정을 되찾으려면 어머니가 먼저 불안을 떨쳐 버리셔야 합니다."

주홍이 어머니가 떨리는 입술에 힘을 주며 고개를 끄덕였다.

"심리 상담을 받아 보게 하거나 잠시 요양원에서 지내게 해 보는 건 어떨까요?"

"저도 그 얘길 몇 번 꺼내 보았는데 주홍이가 완강해요. 심리 상담사를 몇 번 집으로 부르기도 했는데 딸아이는……."

주홍이 어머니는 무슨 일인가를 떠올리며 몸부림을 쳤다. 나는 주홍이 어머니의 등을 쓸어 주었다. 주홍이 어머니는 괜찮다는 표시로 고개를 끄덕이고는 계속해서 말했다.

"상담사가 무슨 말이든 해 보라고 하면 주홍인 새파랗게 질리도록 숨을 쉬질 않아요. 숨을 못 쉬는 게 아니라 안 쉬는 거예요. 상담사는 주홍이가 자신을 위한 것을 죄다 거부하고 있대요. 건강이 회복되기 전까지 상담은 무리일 것 같다고……."

"그랬군요……."

나는 침통한 어조로 말했다.

자신을 위한 것을 모두 거부한다니. 주홍이는 자기 자신에게 벌을 주려는 것이었다.

"몸 상태가 좋아지면 주홍이를 시골 외가에 보내려고 해요. 주홍이가 하도 졸라 대서……."

"그럼 어머님도 함께……?"

"아니요. 혼자 가겠대요. 지금 하고 있는 작업을 마무리하면 그 땐 따라 내려와도 좋다고……. 다른 하던 일도 빨리 마무리 짓고 남은 방학 기간 동안 푹 쉬다 올라오려고요."

주홍이 어머니가 쓸쓸히 웃었다.

나는 주홍이 어머니의 손을 꼭 잡아 주었다.

집으로 돌아오는 길에 나는 한없이 초라한 기분을 느꼈다. 주홍이 또래 소년 소녀들이 어둑어둑해진 길거리에 걸린 네온간판 아래를 재잘대며 지나갔다.

'너희를 위해 내가 할 수 있는 일이 뭐가 있을까?'

아이들의 웃음소리가 가슴 아플 만큼 천진했다.

며칠 뒤에 나는 인터넷 성 상담 카페를 개설했다. 김 선생이 운영진을 맡아 돕겠다고 나섰다. 나는 비상연락망에 있는 이메일 주소로 우리 학교 아이들에게 카페가 있음을 알렸다. 답장은 한 통도 오지 않았지만 카페에 가입한 사람 수가 하루 새 확 늘어난 것으로 위안을 삼았다. 아이들은 음지에서 카페를 들춰 보고 있었다.

아이들은 너무 많이 알고 있으면서도 너무 모르고 있었다. 생리를 할 때 성관계를 가지면 임신이 되는 것으로 알고 있었다는 아이부터 원치 않는 임신을 해서 피임약을 한 통이나 먹었다는 아이까지…….

아이, 아이, 아이들…….

아무런 설명 없이 낙태 수술비와 절차만 묻는 아이, 부모 동의 없이 낙태 시술을 해 주는 병원을 묻는 아이, 그저 테크닉을 배우고 싶어 안달인 아이, 음란 동영상에서 본 것을 실제로 해 보고 싶어 안달하는 아이…….

아이, 아이, 아이들…….

나는 성급히 굴지 않기로 했다. 아이들의 질문에 일단은 '반갑다' 는 말로 시작했다. 이 사이트를 찾은 아이들 하나하나가 소중했다. 아무리 장난스러운 질문이라 해도 성의껏 답했다. 누구든, 무엇이든, 말할 수 있어야 한다고 생각했다.

나는 믿었다. 내가 모르던 것을 많이 알게 되리라고. 아이들의 언어와 그들만의 세계를 조금씩 이해할 수 있게 되리라고.

내가 아이들을 위해 무언가를 시작했음이 이루 표현할 수 없을 만큼 가슴 벅찼다. 좀더 일찍 시작했더라면 하는 아쉬움이 남았지만. 조금만 더 일찍…….

너무나 더워서 잠 못 드는 한여름 밤에 나는 문득문득 주홍이를 생각한다.

내 가슴이 내놓은 한숨이 너무 뜨거워서였을까, 그 해 여름은 몹시도 무더웠다.

주홍이의 안부가 궁금하다.

2

딸아이는 아무것도 받아들이지 못했다. 물조차도.

영양 주사를 하도 많이 맞아서 팔 안쪽이 온통 멍투성이였다. 그것을 볼 적마다 딸아이의 가슴 속을 들여다보는 것 같아 마음이 아팠다.

딸아이는 응석을 부릴 줄 몰랐다. 나에게는 물론이고 신에게도. 울음을 꾹꾹 참다가 댐이 무너지듯 폭발적으로 슬픔을 쏟아 냈다.

너무 걱정이 되어 상담사에게 연락했다. 그녀는 우리 집안 내력을 대강은 알고 있는 사람이었다. 내가 강의 나가는 대학의 심리학과 교수가 나의 결벽 증세를 보고 소개해 준 사람이었다. 나는 그녀에게 한 달 정도 치료를 받다가 내 임의대로 상담을 끝내 버렸다. 그녀에게 내 모든 것을 털어내는 것이 힘겨웠다. 그리고 그녀가 지적하는 '현실'을 똑바로 바라볼 용기가 없었다. 해결하지 못한 채 묻어 둔 문제가 썩고 썩어, 결국 그 위에서 위태위태하게 뛰어놀던 내 딸아이까지 함몰되고 말았다. 후회가 밀려들었다.

상담사는 날마다 집으로 찾아와 딸아이에게 말을 붙여보려 애를 썼다.

"날씨가 무척 덥구나."

"……."

"오는 길에 보니까 리어카에서 샛노란 참외를 쌓아 놓고 팔던데, 참외 좋아하니?"

"……."

"오늘 내 옷차림이 조금 특이하지 않니? 어때? 네 맘에
드니?"

"……."

며칠간의 노력 끝에 상담사는 딸아이의 말문을 열 수 있
었다.

"엄마에게 네 이야기를 들었단다."

딸아이는 방문 앞에 서 있던 나를 바라보았다. 딸아이의
눈빛이 흔들렸다.

"……엄마를…… 괴롭히지 마세요."

"그래, 그럴게."

상담사가 나를 쳐다보았다. 자리를 비켜 달라는 뜻 같았
다. 나는 방문을 살그머니 닫고 서서 방 안에서 들리는 소
리에 귀를 기울였다.

상담사의 목소리가 들렸다.

"사실 나는 엄마보다 네 이야기를 듣고 싶단다. 네 이야
기를 들려 줄 수 있겠니?"

"정말…… 끔찍한 일을 저질렀어요."

"그래. 하지만 어쩔 수 없는 일이었단다."

딸아이의 거친 숨소리가 들렸다.

"싫어요. 그런 말……."

"너 자신을 용서해 주렴."

딸아이의 숨소리가 점점 거칠어지더니 한순간 뚝 끊어졌다. 나는 방문을 벌컥 열고 들어갔다. 새파랗게 질린 딸아이를 앞에 두고 상담사는 당황해서 안절부절 못하고 있었다. 나는 상담사를 방 밖으로 쫓아 내고 딸아이가 숨을 쉴 수 있도록 도와 주었다. 딸아이는 내가 유도하는 대로 서서히 숨을 고를 수 있게 되었다. 들이쉬고 내쉬고……. 그것이 얼마나 힘든 일인지 나는 잘 알고 있었다.

그 날 이후로 상담은 그만 받기로 했다.

낙태 후 보름 정도 지나자 딸아이는 조금씩 호전되었다. 음식도 받아들이기 시작했고 멍하니 있다가도 나와 눈이 마주치면 싱긋이 웃음을 지을 수 있게 되었다.

나는 일을 다시 시작하기로 했다. 딸아이가 그러길 원했다.

"엄마, 미안하지만…… 엄마를 보고 있으면 가슴이 답답해져. 나 때문에 속상해하는 모습 너무 부담스러워. 제발 밖에 나가서 뭐라도 좀 해 봐. 응?"

나는 간병인을 구해 딸아이 곁에 두고 바쁘게 돌아다녔다. 딸아이가 눈앞에 없을 땐 바쁘지 않으면 마음이 놓이지 않았다. 나는 내게 틈을 주지 않기로 했다.

때마침 지방 캠퍼스에서 여름 학기 강사가 급히 필요하다는 연락이 왔다. 나는 흔쾌히 수락했다. 예술 잡지에서 청탁이 들어와 평론 기사도 쓰게 되었다. 문화센터에서 주부들을 위한 미술 강좌도 했다.

간혹 집에 일찍 들어가는 날이면, 딸아이의 방으로 달려가려는 마음을 붙잡아 지하 작업실로 끌고 내려갔다. 거기서, 아무렇게나 정을 맞아 엉망으로 부서지고 구멍이 숭숭 뚫린 돌덩이를 하염없이 바라보았다.

어느 날 딸아이가 나를 찾았다. 담임선생이 문병을 왔다간 며칠 뒤였다.

딸아이는 그 동안 회복하기 위해 열심히 노력했다면서 내 앞에서 밥먹는 모습을 보여 주었다. 나는 울음소리가 새어나가지 않도록 입을 틀어막고 그 모습을 지켜 보았다. 딸아이는 밥 한 공기를 깨끗이 비운 뒤에 사뿐사뿐 내게로 걸어와 내 팔짱을 끼었다.

우리는 집 앞 공원으로 산책을 나갔다. 무척 더운 날씨였는데도 딸아이는 이따금씩 몸을 떨었다. 그럴 때마다 내가 집으로 돌아가자고 했지만 딸아이는 안심하라는 듯이 내 손을 토닥이며 나를 이끌었다.

우리는 버드나무 아래 벤치에 앉았다. 엄마와 함께 산책을 나온 아기가 분수대 앞을 아장아장 지나가고 있었다. 아기는 물방울을 맞고 까르륵 웃었다. 유모차에 타고 있던 어떤 아기는 과자를 쏟았다. 그러자 비둘기 떼가 몰려들어 유모차 주변을 새까맣게 뒤덮었다. 아기는 겁에 질려 울음을 터뜨렸다.

딸아이가 내 어깨에 머리를 기댔다. 나는 딸아이의 팔을 쓰다듬다가 흠칫 놀랐다. 딸아이의 살갗에 두드러기가 우둘투둘 돋아 있었다.

"내일 시골 할머니 댁으로 내려갈래요."

딸아이가 말했다.

나는 아무런 대꾸도 하지 않았다. 이미 거기에 대해 여러 차례 딸아이와 이야기했고 건강이 나아지면 보내겠다고 약속해 둔 상태였지만 왠지 보내고 싶지 않았다. 하지만 더 이상 미룰 핑계거리가 없었다.

"그래. 이제 많이 나았으니까……."

그 날 밤 딸아이는 창문을 활짝 열어젖히고 방 청소를 했다. 몸도 성치 않은데 무리하면 안 된다며 내가 말렸으나 딸아이는 막무가내였다. 내가 돕겠다는 것도 마다했다. 하는 수 없이 나는 방문 앞에서 딸아이를 지켜 보았다. 딸아이가 청소를 하다가 침대 밑에서 앨범을 찾아 냈다. 딸아이는 생글생글 웃으며 내 얼굴을 올려다보더니 앨범을 펼쳤다. 우리는 한동안 앨범을 들여다보았다.

딸아이는 무표정한 얼굴에 아이답지 않은 얌전한 포즈로 앨범 속에서 조금씩 커 나가고 있었다. 앨범은 두 권이었는데 중학교에 입학하기 전까지가 한 권하고도 반 이상을 차지했다. 앨범의 나머지 페이지는 중학교에 입학한 뒤부터 지금까지의 사진으로 채워져 있는데, 시간이 지날수록 사진이 현저하게 줄어들어 앨범의 마지막 두 장은 비어 있었다.

"그러고 보니까 엄마랑 찍은 사진이 없네."

딸아이의 지적대로 우린 함께 찍은 사진이 거의 없었다. 사진을 찍어 달라고 남에게 부탁하기가 어려워 나는 늘 딸아이의 독사진만 찍어 주었다. 유일하게 함께 찍은 사진은 동네 사진관에서 찍은 딸아이의 돌 사진이었다. 스물두 살의 내가 서글픈 웃음을 머금고 한 살배기 아기를 안고 있었다. 나를 잠식시키려는 세상에게 반항하며 보란 듯이 찍은 사진이었다. 다른 아기들 같았으면 여러 친지들의 축복 속에서 돌잔치를 치렀을 테지만 내 아기는 엄마와 단둘이 돌잔치를 치렀다. 그 때 내 아기는 희고 굵은 명주실뭉치를 집었다.

'아가, 오래오래 내 곁에서 살며 내 의지가 되어 주렴.'

아기의 이마에 입맞추며 나는 소원했다.

다음 날 기차에 올라타는 딸아이의 손엔 단출한 가방 하나만 들려 있었다.

한 달 정도 머무를 예정인데도 딸아인 간단하게 떠나길 원했다.

"저는 걱정 마시고 하시던 조각이나 빨리 마무리 지으세요."

나는 눈물을 흘리며 고개를 끄덕였다.

"약속해요, 엄마. 나 없다고 울지 않기로⋯⋯."

딸아이가 기차 위에서 새끼손가락을 내며 말했다.

"너도 약속해. 엄마 갈 때까지 몸 건강히 잘 있겠다고."

나는 발작처럼 흐느끼면서도 웃으려고 애쓰며 말했다.

우리는 손가락을 걸고 약속했다. 딸아이가 나를 보고 구름처럼 하얗게 웃었다.

조금 뒤 딸아이를 실은 기차는 야속하게 떠나 버렸다.

나 홀로 집으로 가는 길에 나는 몇 번씩 걸음을 멈추고 하늘을 올려다보았다. 하늘은 구름 한 점 없이 맑았다. 어렸을 적 솜사탕을 무척이나 좋아하던 딸아이가 하늘에서 구름을 죄다 따 간 것 같았다.

햇빛이 눈부셔 눈물이 핑 돌았다. 그 때 조각으로 표현하면 참 좋을 이미지 하나가 머릿속에 떠올랐다. 나는 집까지 단숨에 달려가 지하 작업실로 파고들었다.

그리고.

닷새 동안 잠도 거의 자지 않고 조각에만 열중했다.

마침내 조각을 마치고 하루인가 이틀인가를 꼬박 자고 일어났을 때 전화벨이 울렸다. 나는 전화를 받기 전부터 눈물을 흘리고 있었다.

"울지 않기로 약속했는데……."

전화를 받기가 두려웠다. 예감이 좋지 않았다.

3

천장이 나를 바라본다.

벽이 나를 바라본다.

문이 나를 바라본다.

내 발가락이 나를 바라본다.

내 손가락이 나를 바라본다.

내 배꼽이 나를 바라본다.

혐오스러워.

역겨워.

구역질 나.

지독해.

더러워.

잔인해.

끔찍해.

소름 끼쳐.

나는.

고름.

구더기.

쥐…….

쥐! 쥐! 쥐!

먹은 것을 토한다.

식욕을 바짝 말려야지.

울고 싶나?

울 수 없어!

자고 싶나?

잘 수 없어! 끊임없이 악몽을 상상해!

피. 작은 사람. '퉁' 하고 떨어지던 소리…….

정신 차려! 계속 생각해!

괴롭다고? 닥쳐!

고통스럽다고? 죽을 것 같아? 견뎌!

토해! 토해!

정적 속에서 나의 신이 말한다.

"기대려 하지 마."

"불쌍한 척 하지도 마."

"숨도 쉬지 마."

"희망을 갖지도 마."

"잊지 마."

"더 이상 죄를 짓지 마."

엄마를 구원하기로 했다.

기차에 올라타 눈을 감는다. 어둠 속에서 엄마 얼굴이 지나간다. 달이 차고 기울 듯이 엄마 얼굴이 점점 늙어간다.

눈을 뜨자 뒤로 달리던 풍경은 멈추고 작은 플랫폼이 서서히 다가온다. 엄마가 서 있던 자리에 외할머니가 서 있다. 기차에서 내리자 할머니가 내 등을 쓰다듬으며 무슨 말인가를 한다. 나를 용서하려는 말.

듣지 마! 누구도 너를 용서할 수 없어.

정처 없이 들판을 거닐고 언덕에 오르고 동굴을 발견하고. 꿈처럼 어두컴컴한 동굴 속에서 입술을 떨고 고개를 떨고 어깨를 떨고. 밤이면 다정한 할머니를 피해 골방에 처박힌다. 흙으로 빚은 벽과 나무문에 발린 창호지엔 어린 엄마와 젊은 할머니와 살아생전 할아버지의 냄새가 아련하게 배어 있다. 그 냄새는 나물 풋내, 메주 군내, 그리고 여름의 축축하고도 뜨거운 비린내와 섞여 나를 적당히 괴롭힌다.

엄마에게 편지를 썼다. 편지를 쓰면서 내가 어른이 된 것 같은 기분이 들었다.

　그리고 마지막 저녁.
　할머니가 마루에 앉아 담뱃대를 물었다.
　"인제 고만 쏘다니고…… 밥도 좀 잘 먹고……. 너는 꼭 나아야 한다. 넌 귀한 아이야. 그걸 내가 좀더 일찍 인정해 주었어야 했는데……. 따지고 보면 다 내 잘못이다……."
　나는 방바닥에 시체처럼 누워 할머니의 목소리를 듣고 있었다. 할머니는 내가 오래 전부터 가슴으로 알고 있던 이야기를 어스름 속에 풀어 놓았다.
　"아직도 그 날을 떠올리면 후회가 막심하다. 네 어미가 배불러서 이 집엘 찾아왔는데, 미련한 것. 비가 억수같이 퍼붓던 날이었어. 진창에 빠졌는지 몰골이 흉했는데 새파랗게 떨며 마당에 서 있었다. 내가 어찌나 매몰차게 굴었던지. 그 때 생각만 하면 아직도 가슴이 아려. 왜 못 받아 줬나 몰라. 의지할 곳 없는 애를……. 기어이 낳겠다는 걸 그 때 난 이해하지 못했단다. 네 할아비 일찍 여의고 혼자서 네 어미 키우느라 허리가 휘었다. 그걸 알면서도 어떻게 혼자 낳고 기르겠다는 말을 하는 건지 그 땐 괘씸하기만 했어. 하지만 지금은 네 어미와 널 떠올릴 적마다 미안한 마음뿐이다."

나는 할머니도 구원하기로 했다.

"저…… 할머니 원망 안 해요."

나는 스르르 일어나 앉아 방문에 대고 말했다. 방문에 비친 할머니의 그림자가 너울너울 흔들렸다.

나는 다시 몸을 누이며 생각했다.

'용서받을 수 있을까?'

뻔뻔한 희망이 내 안에 삽시간에 차올라 일렁였다. 순간 눈부신 빛이 천장을 뚫고 들어와 내 몸을 옥죄었다. 그건 경고였다. 나는 정신을 잃었다.

언제부터 내가 걷고 있었는지 모르겠다. 마지막 밤을 슬퍼하는 소쩍새 울음소리에 의식이 깨어났나 보다. 나는 잠옷 바람으로 뒷산 계곡을 오르고 있었다. 바위에 무릎이 찍히고 나뭇가지에 뺨을 베였다. 그래도 고행하는 기분으로 계속해서 걸음을 떼어 놓았다. 마침내 물웅덩이가 나타났다. 계곡 물이 조그만 폭포처럼 떨어지며 만들어진 웅덩이였다.

혼자서 물 속으로 걸어간다. 물결이 얼음을 깎아 만든 비수처럼 차갑게 내 살갗을 훑는다. 발목에서 허벅지로, 허리에서 가슴으로, 어깨에서 머리끝으로 물이 차오른다. 무섭도록 차갑다가 차츰 몽롱해진다. 잠이 쏟아진다. 아무 소리도 들리지 않는다.

신은 나를 버렸다.
나는 신마저도 구원하기로 했다.

제6부

잡았다가 놓쳤다!

1

참 허전했다.

내 영혼은 나를 그 어떤 일에도 집중하지 못하도록 방해했다. 아무 일도 하지 않았는데 정신이 하나도 없었다. 뭔가에 씐 듯했다. 먼 곳에 있는 연인의 이름을 목이 터져라 외쳤으나 메아리조차 돌아오지 않아 애달파하는 심정. 딱 그런 심정이었다.

내가 주홍이 어머니의 전화를 받은 것은 그 허전함에 몸서리치다 깨어난 어느 새벽이었다. 여름인데도 등에서 소름이 돋을 만큼 공기가 찼다.

"선생님, 내 딸이 죽었대요."

주홍이 어머니의 목소리가 꿈결처럼 내 몸에 감겼다. 천사의 목소리 같았다. 새하얗고 폭신폭신한 구름 속을 헤매며 숨바꼭질 놀이를 하는 천사.

"그만, 계곡 물에 빠져서 죽었대요."

천진한 목소리. 주홍이 어머니는 자신이 무슨 말을 하고 있는지도 모르는 것 같았다.

나는 입술만 달싹거리다가 간신히 목구멍 밖으로 목소리를 내놓았다.

"죽었……다니요……?"

"네……. 죽었어요. 내 딸…… 진……주홍…… 죽……었……."

주홍이 어머니의 목소리는 점점 잦아들었다.

순간 온 세상에서 빛이 사라졌다. 아니, 눈앞이 아득해졌다. 한순간에 세상에서 나만 홀로 뚝, 떨어져 나온 것 같았다.

주홍아, 네가 왜……? 아무 죄 없는 네가…… 왜?

억울하고 기가 막혀서 울음도 나오지 않았다. 세상이 이럴 순 없는 거다. 이럴 수는……. 일순간에 모든 것이 혐오스러웠다. 내 심장 속에 남몰래 간직해 오던 유리병이 산산이 부서져 날카로운 파편이 되었다. 심장이 뛸 때마다 찌르는 듯한 통증이 느껴졌다.

그로부터 사흘 뒤 새벽, 학교 운동장에 수백 개의 촛불이 켜졌다. 학교 선생들과 학생들, 그리고 주홍이네 이웃 주민

들이 모여 주홍이를 추모했다. 상복을 입은 주홍이 어머니와 할머니가 한 줌 재로 변한 주홍이를 안고 운동장과 교실을 돌아 나갔다. 그 모습을 지켜 보고 있노라니 숨이 막혔다. 손에 든 촛불이 내 숨을 빨아들이는 듯했다. 주홍이는 특별히 친하게 지내던 친구가 없었다. 그래서 추모하러 나오는 사람이 적을 것으로 예상했지만 예상은 빗나갔다. 우리 반 아이들은 거의 모두 모였고 다른 반 아이들도 많은 수가 참석했다. 그 중엔 격렬하게 울음을 터뜨리는 아이들도 있었고 어안이 벙벙한 표정으로 주홍이의 마지막 행렬을 지켜 보는 아이들도 있었다.

주홍이 어머니가 들고 있는 하얀 상자는 너무 작았다. 나는 인파 속을 미친 듯이 두리번거렸다. 그 중에 주홍이가 있을 것만 같았다. 저 먼 발치에서 나를 알아보고 반갑게 "선생님!" 하고 부를 것만 같았다. 그러나 주홍이는 끝끝내 나타나지 않았다.

나는 운동장에 모인 아이들의 얼굴에서 부분부분 주홍이를 발견하는 것으로 위안을 삼았다. 이 아인 주홍이의 자그마한 코를 닮았고 저 아인 주홍이의 소담한 입술을 닮았고. 너희들은 모두 주홍이구나. 여전히 내 어깨 위에 탑처럼 쌓여 있구나.

나는 중심을 잡아야 했다.

며칠 뒤 나는 성 상담 카페에 들어가 보았다. 익명게시판에 주홍이를 추모하는 글이 많이 올라와 있었다. 여과 없이 표출된 글 속에서 나는 아이들의 마음을 엿볼 수 있었다. 그 중 몇몇 글들은 예사로 보아 넘길 수가 없었다.

─× 같은 세상 살아서 뭐하나? 부디 평안하길…….

─이럴 줄 알았으면 좀 더 잘해 주는 거였는데. 불쌍해. ㅠ.ㅠ

─지금 남 걱정할 때가 아님. 생리예정일 일 주일이나 지났음.

─테스트해 보세요. 난 한 줄 나왔음. 야호! 난 살았다.

─모르겠다. 왜 그 애는 낙태와 자살을 연이어 선택해야만 했을까?

마음이 무겁게 가라앉았지만 그럴수록 이를 악물었다. 나는 자료실에 낙태 실태와 낙태 후유증, 미혼모들이 겪고 있는 어려움, 그리고 피임법에 관한 자료를 올렸다. 그리고 낙태 찬반 토론방을 개설했다. 채팅을 통해 서로 의견을 주고받을 수 있는 공간이었다.

나는 거기서 아이들을 기다렸다.

2

딸아이는 엄마가 시집올 때 가져왔다는 새하얀 원앙금침 위에 의젓하게 누워 있었다. 엄마가 기겁을 하며 말렸지만 나는 기어이 딸아이 옆에 누웠다. 찬 기운이 한쪽 팔에 와 닿았다.

기억 한 가닥이 떠오른다. 내가 아주 어렸을 때, 염을 마친 아버지의 시신을 보고 사람이 그토록 차고 딱딱해질 수 있음에 소스라치게 놀랐던 기억. 눈에서 눈물줄기가 뻗어나와 귓속으로 흘러들어간다.

딸아이가 태어나던 날도 오늘처럼 하얀 이불 위에 누워 있었지. 나는 서울 근교의 한 수녀원에서 아이를 낳았다. 원장 수녀님이 아이를 받아 주셨다.

나는 고개를 돌려 딸아이를 바라본다. 믿기지 않을 만큼 퉁퉁 불은 딸아이의 시체. 마디마디 벌어졌다 이제 겨우 맞물린 뼈에 찬바람 맞고 쏘다녔으니 얼마나 추웠을까. 아직

덜 아문 채로 물에 들어갔으니 속이 얼마나 쓰렸을까. 남은 것은 빈 껍데기에 불과했다. 그 속엔 어여쁜 내 딸이 들어 있지 않았다.

나, 철이 늦게 들어 이제야 너를 안을 자신이 생겼는데 너는 기다려 주지 않고 가 버렸구나. 아무것도 못 해줬는데……

내게 화를 내지 그랬니. 원망하고 퍼붓고 치고…… 그래도 되는데…….

그 동안 힘들었지? 미안해. 정말 미안해.

이제 내겐 엄마 노릇 제대로 할 기회가 영영 사라져 버렸구나. 너는 정말 멀리 떠났구나.

처음 널 보았을 땐 네 작은 체구에 숨이 막힐 지경이었어. 그 때 넌 작은 주먹을 휘두르며 온 힘을 다해 울고 있었지. 그런데 지금 넌 조용하기만 하구나.

미안하다. 정말 미안해.

"미안하다. 정말 미안해."

엄마가 내 옆으로 다가와 앉으며 말했다. 내일모레면 환갑인 엄마는 주홍이 일로 이십 년은 더 늙어 보였다.

나는 천장을 바라보았다. 주홍이를 낳고 천장을 바라보

며 속으로 삼킨 말이 떠올랐다. 나는 이제야 엄마에게 그 말을 직접 들려 주었다.

"엄마, 죄송해요."

"아니다, 아가. 아니야."

엄마가 내 머리를 쓰다듬으며 말했다.

나는 조용히 일어나 주홍이의 배 위에 이불을 살포시 덮어 주었다. 진작 그랬으면 좋았을 것을. 미련한 어미는 자식의 시체에다 대고 입을 맞추었다.

내 딸, 먼 곳에서 추위에 떨지 않기를 바라며.

이마에 키스.

내 딸, 먼 곳에서 고생하지 않기를 바라며.

손발에 키스.

"주홍이가 머물던 자릴 정리하다가 이걸 발견했다."

엄마가 내민 것은 연한 보랏빛 편지봉투였다. 봉투를 뜯어 보니 희고 노란 들꽃 한 줌과 곱게 접은 편지가 있었다. 들꽃 향기를 맡으며 나는 편지를 펼쳐 본다.

3

나의 큰 사람, 어머니께.

늘 엄마라고 불렀지만 오늘은 어머니라고 부르고 싶어요. 오직 어머니라는 말만이 깊고 넓은 어머니를 담을 수 있는 그릇인 것 같아서요.

어머니!
울지 마세요.
죄인을 동정하며 슬퍼하는 것도 죄가 될지 모릅니다. 그러니 울지 마세요.

살면서 죄를 더 짓고 싶지 않아요. 그래서 마지막으로 큰 죄를 하나 더 저지릅니다. 물 속으로 들어가 숨을 끊을 것입니다. 그러곤 지옥으로 '퉁' 떨어지겠지요.

불타는 채찍을 맞을 지도 모르겠습니다. 검은 그림자에게 목을 졸릴 지도 모르겠습니다. 혹은, 바늘로 살을 한 땀 한 땀 뜨기고 배가 터지도록 썩은 피를 마셔야 할지도 모르지요.

허나 저는 비명 한 번 제대로 지를 수 없겠지요.

거친 세상일지언정 한 사람이 태어나 제 코로 숨을 쉬고 제 발로 걸어 볼 기회를 빼앗은 죄. 얼마나 큰 죄인지…… 사지가 벌벌 떨립니다.

죄를 씻기까지 아주 오랜 시간이 걸리겠지요. 그러나 그 시간에도 끝이 있을 거라는 희망을 감히 품어 봅니다. 그 희망을 품음으로써 좀더 오래 지옥에 머무르게 된다고 해도 말이지요. 지옥이 끝나고 다음 세상이 열리면 그땐 저에게도 많은 것이 허락되길 간절히 바랍니다.

그 곳에 근원적인 불안감을 가져가지 않으렵니다. 늘 사랑받을 것을 믿고 속상해하지 않으렵니다. 사랑을 베풀렵니다. 친구를 사귀렵니다.

부디 저 때문에 약해지지 마세요.

지옥에 있는 저를 위해서라도 열심히 살아 주세요. 아무리 끔찍한 벌을 받게 된다 하더라도 이승에 살아 계실 어머니를 생각하면 견딜 수 있을 것 같아요.

아, 사랑하는 어머니.

어머니께서 제게 선물하신 지난 17년을 얼마나 기쁘게 살았는지 모르실 겁니다. 못 견디게 즐거워 웃음이 터져 나올 때뿐 아니라, 어두운 밤길이 무서워 울며 달릴 때에도 제 마음 깊은 곳에선 기쁨의 함성을 내질렀습니다. 그리고 오늘, 마지막이란 막막함을 헤치고 제 갈 길을 나서려는 지금 이 순간도 저는 기쁘기만 합니다.

낳아 주셔서 정말 고맙습니다. 사실 고맙다는 말은 부족하기만 합니다. 제 맘 속에 가득한 이 터질 듯한 감동을 표현할 더 적절한 말을 찾지 못해 비유하기 짝이 없는 표현을 빌려 씁니다.

정말 고맙습니다.

어머니가 낳은 작은 사람.
진 주 홍 올림.

제7부

사물함 안에 든 것

1

힘겨웠던 여름은 가고 한 자리가 빈 채 2학기가 시작되었다.

수업을 하다가 문득문득 가슴에 구멍이 뚫린 것처럼 허전함이 밀려왔다. 그럴 땐 잠시 수업이 중단될 수밖에 없었다. 아이들 앞에서 고개를 똑바로 들 수가 없었다. 나를 믿고 따라와 달라고 말할 수가 없었다.

연못 옆에 묵묵히 자리를 지키고 있던 은행나무에서 잎이 떨어지기 시작했다. 물 위로 떨어진 잎이 붕어를 감추었다. 나도 붕어처럼 숨고 싶을 때면 연못가를 찾았다. 그 곳에 앉아서 아이들이 재잘거리는 소리를 듣고 있으면 조금은 용기가 났다.

그 무렵 학교엔 괴상한 소문이 떠돌고 있었다. 주홍이 사물함 안에 '뭔가' 가 있는 것 같다는 소문이었다. 처음에 그 '뭔가' 는 그 날 그 날 아이들 흥미에 따라 달라졌다. 하얀 손수건에 피로 쓴 아기 아빠의 이름도 되었다가 죽은 주홍이의 영혼을 비춰 주는 거울도 되었다. 아이들의 엉뚱한 상상력 덕분에 '뭔가'에 대한 의견이 분분했지만 결국엔 죽은 아기의 귀신 쪽으로 거의 합의를 본 듯했다.

그 때부터 이상한 일이 벌어졌다. 수업을 하다 보면 교실 안이 정적에 휩싸이는 묘한 순간이 가끔 찾아오는데, 그럴 때마다 교실 뒤 사물함 쪽에서 흉흉한 소리가 들리는 것이었다. 어린 아기의 울음소리 비슷한 그 소리는 듣는 이의 심장을 일순간에 굳혀 버렸다. 그 소리가 잠잠해졌다 싶어 마음을 놓으려 하면 사물함 쪽에선 '우당탕탕' 하고 천둥 비슷한 소리가 났다. 정말 사물함 안에 뭔가 있는 것처럼.

그 좁은 공간 안에서 대체 무슨 일이 벌어지고 있기에 그런 소리가 들리는 것인지 종잡을 수가 없었다. 그나마 다행스러운 것은, 그 소리가 나뿐 아니라 아이들의 귀에도 들린다는 것이었다. 아이들은 그 소리가 주홍이의 사물함 안에서 들리는 소리라고 확신하고 있었다. 겁이 나서 사물함을 열어 보지 못하는 아이들이 늘어 갔다. 그러나 그 이상한 현상은 오래 가지 않았다. 바람이 차질수록 사물함 쪽에서 들려 오는 소리는 점점 뜸해졌다. 아이들은 차츰 안정을 되찾는 듯했다.

　그런데 다음엔 소리가 아니라 냄새가 문제였다. 코를 탁
쏘는 악취가 교실 안에 진동했다. 그것은 화장실 냄새와 비
슷했는데, 우리 반에서 수업을 하고 나오는 선생들마다 냄
새 때문에 머리가 아프다며 불평을 할 정도로 진했다. 선생
들은 그 냄새가 사물함 쪽에서 풍겨 오는 것이 틀림없다고
지적했다. 이번엔 김 선생도 인정했다.

　나는 아이들에게 각자 사물함에 넣어 둔 물건을 확인해
보라고 했다. 혹시 냄새가 나는 물건이 있거든 치우라고 했
다. 아이들은 즉시 실행에 옮겼다. 냄새 때문에 추워도 늘
창문을 열어 두어야 했기 때문에 아이들은 냄새를 없애는
데 적극적이었다. 아이들이 각자의 사물함 청소를 마쳤지
만 그래도 악취는 여전했다. 아니, 날이 갈수록 더욱 심해
졌다. 밀폐된 사물함 안에서 무언가가 썩어가고 있는 것이
확실했다.

　"선생님, 주홍이 사물함을 열어 보면 안 될까요?"

　아이들은 급기야 내게 이런 청을 했다.

　결국 나는 주홍이의 사물함을 열어 보기로 했다. 아이들
이 등 뒤로 몰려와 응원해 주었다. 오랫동안 여닫지 않아서
그런지 문은 무척 빡빡했다. 날카로운 쇠 마찰음과 함께 문

이 열리자 아이들은 하나같이 입을 막고 신음 소리를 냈다. 사물함 안에는 커다랗고 지저분한 털뭉치가 축 늘어져 있었다. 자세히 들여다보니 그것은 비쩍 마른 고양이였다. 죽었는지 꼼짝도 하지 않고 있었다.

머리털이 쭈뼛 곤두섰다. 나는 원래 고양이를 아주 무서워했다. 길을 걷다 쓰레기통을 뒤지고 있는 도둑고양이와 마주치면 꼼짝도 못하고 얼어붙었다. 그런 내게 어디서 그런 용기가 나왔는지 모르겠다. 나는 스웨터를 벗어 고양이 시체를 감싸 안았다. 이상하리만치 가벼웠다. 사물함 바닥엔 고양이가 싸 놓은 똥오줌이 말라붙어 있었다. 나는 고양이 시체를 바닥에 내려놓고 사물함 안에서 고양이의 똥오줌을 닦아 냈다.

그 때 교실 안에서 한바탕 소란이 일었다.

"꺄악! 선생님, 고양이가 살아 있어요!"

뒤를 돌아보니 스웨터에 싸인 고양이 꼬리가 꿈틀거리고 있었다. 아이들은 책상 위로 올라가 미친 듯이 비명을 질러댔다. 나는 고양이를 안아 들고 양호실로 냅다 뛰어 내려갔다.

'네가 무엇이든 상관 없어. 살아 줘서 고마워.'

나는 고양이를 꽉 끌어안았다.

내가 소독약으로 적신 면봉을 상처에 대자 양호 선생님은 코끝을 살짝 찡그렸다. 고양이를 씻기려다 양호 선생님과 내 팔은 온통 상처투성이가 되었다. 상처를 입힌 범인은 캐비닛 위에 올라앉아 '뮤– 뮤–' 하고 조그맣게 울고 있었다. 갈색 점박이 무늬 털로 뒤덮인 속에서 에메랄드 빛 눈동자가 빛났다. 양호 선생님이 준 우유를 먹고 기운을 차린 모양이었다.

"그 안에 얼마나 있었을까요?"

내가 양호 선생님의 상처 부위를 불며 물었다.

"글쎄요. 엊그제 최 선생이 내게 데려왔을 때의 상태로 봐선 길어야 이 주 정도?"

"참 놀랍지 않아요?"

내 물음에 양호 선생님은 묘한 웃음만 지었다. 내가 계속해서 말했다.

"사물함에 구멍 같은 건 없었으니 고양이가 스스로 들어갔을 리는 없고, 아무래도 누가 장난으로 고양이를 집어넣은 것 같아요. 아주 지독한 장난이죠. 죽은 친구의 사물함에 고양이를 밀어 넣다니. 하마터면 고양이도 죽을 뻔했지 뭡니까."

"글쎄요. 단순한 장난이었을까요?"

양호 선생님이 내 목에 난 상처에 밴드를 붙여 주며 말했다.

"그렇다면 악의로 그랬단 말씀이신가요?"

양호 선생님은 내 눈을 지그시 바라보았다.

나는 잠시 생각해 보고 말했다.

"선의일 수도 있겠어요. 주홍이의 쥐를 잡아 주려는……."

"어쩌면 절박한 심정이었을 수도 있고요."

그러자 양호 선생님이 덧붙였다.

"그 말씀은……."

양호 선생님은 창 밖으로 푸르게 빛나는 하늘을 바라보며 말했다.

"그 뜻을 누가 알겠습니까?"

사물함에서 고양이가 나온 사건은 삽시간에 전교로 퍼졌다.

그 사건의 영향인지 아이들은 '쥐를 잡자' 게임에 '고양이'를 끼워 넣어 게임의 난이도를 높였다. 술래가 중간에 "고양이!" 하고 외치면 모두 고양이 같은 손짓을 하며 "야옹!" 하고 고양이 울음소리를 내는 것이었다.

놓쳤다!

　잡았다!

　　놓쳤다!

　　놓쳤다!

　　　고양이!

　　　　야옹!

2

　작업실에 홀로 서서 하염없이 조각을 바라본다. 검은 돌덩이 속에서 앙상한 선으로 피어난 두 사람. 한 사람은 크고 한 사람은 작다.

　나는 두 사람을 찬찬히 뜯어 본다. 주홍이를 찾는다. 큰쪽이 주홍이, 작은 쪽이 나. 내가 더 작은 것은 당연했다. 내가 주홍이를 낳은 순간 주홍이도 나를 낳았고 내가 삶을 외면할 때에도 주홍이는 나를 길렀으니까.

　앙상하고 검은 두 사람은 나란히 서서 길을 걷고 있었다.

　"엄마, 내가 없더라도 걸음을 멈추지 마. 알았지?"

큰 사람이 작은 사람의 팔짱을 끼며 말한다.

"싫어. 혼자 가는 건."

작은 사람이 어린아이처럼 투정을 부린다.

큰 사람이 작은 사람을 타이른다.

"이대로 계속 걸으면 돼. 아주 쉬워. 그래서 이 길 끝에 뭐가 있는지 내게 말해 줘. 분명 멋진 게 기다리고 있을 거야."

"모르겠어. 네가 없는데 멋진 게 다 무슨 소용이야?"

죽지 못하고 살아야 하는 것이 내겐 형벌이었다.

그 때 초인종이 울렸다.

나는 오랜만에 목소리를 밖으로 내었다. 목구멍이 컬컬했다.

"제발 돌아가 주세요!"

나는 아직도 살아 있는 내 모습을 누군가에게 보이는 것이 부끄러웠다.

지상에서 조그마한 목소리가 들렸다.

"접니다, 어머니. 최 선생이에요."

나는 후닥닥 뛰어올라가 문을 열었다.

최 선생은 점퍼 지퍼를 턱 밑까지 올린 채 문 앞에 서 있었는데 배가 불룩했다. 내 시선이 자신의 배에 오래 머무르는 것을 느낀 최 선생이 말했다.

"놀라지 마세요."

최 선생은 지퍼를 조금 내려 점퍼 안을 보여 주었다. 거기엔 에메랄드처럼 빛나는 눈동자가 있었다. 나와 눈이 마주친 순간 그것은 심하게 요동을 쳤다. 최 선생이 그것을 진정시키려고 꽉 끌어안았지만 점퍼 밑으로 흘러내려 사뿐히 바닥에 착지했다. 그것은 갈색 점박이 무늬가 있는 살찐 고양이였다.

"웬 고양이예요?"

내가 뒷걸음질을 치며 물었다.

"사연이 좀 길어요."

최 선생이 머리를 긁적이며 말했다.

고양이는 날렵하게 움직여 마당에 있는 느릅나무 위로 사뿐 올라갔다.

나는 최 선생을 작업실로 안내하며 변명처럼 말했다.

"죽 작업실에서 지내고 있어요. 저 혼자 지내기엔 집이 너무 큰 것 같아서요."

작업실은 청소를 안 한 지 오래 되어 몹시 음습하고 곰팡내가 났다. 내내 그 안에 있을 땐 모르고 지냈는데 문을 열어 준다고 잠깐 나갔다 들어오니 어떻게 몰랐나 싶었다.

최 선생에게 책상 의자를 내어 주고, 나는 벽에 기대어 섰다. 주홍이를 생각하면 앉을 수도 누울 수도 없어 서 있는 것이 익숙했다.

최 선생은 한참 동안 조각상을 바라보았다. 최 선생도 돌처럼 굳어 조각이 된 듯했다.

"저 조각을 어떻게 하면 좋을까 계속 생각했는데 선생님을 뵈니까 알겠네요."

내가 말했다.

"어떻게 하시려고요?"

"수녀원에 기증하는 게 좋겠어요. 내가 주홍이를 낳고 주홍이가 날 낳은 곳. 거기가 딱 좋겠어요."

최 선생은 조용히 고개를 끄덕였다.

최 선생은 그렇게 잠시 머무르다 일어섰다. 최 선생을 배웅하고, 나는 나무 위를 올려다보았다. 어디로 사라졌는지 고양이는 보이지 않았다.

나는 집 안에서 담요와 의자를 가지고 나와 마당에 자리를 잡았다. 그리고 고양이를 기다렸다. 숨을 쉴 때마다 차가운 가을바람이 몸 속으로 들어왔다.

다음 날 아침 눈을 떴을 때 갈색 점박이 고양이는 2층 주홍이 방 창틀 앞에 앉아 늘어지게 하품을 하고 있었다. 고양이는 봄처럼 포근한 초록색 눈으로 나를 내려다보고 있었다. 마치 나를 보살피기로 단단히 마음을 먹고 돌아온 것 같았다. 나는 그 고양이를 보살피기로 마음먹었다.

텅 빈 삶의 무게만큼이나 무거운 형벌. 나는 그것을 기쁘게 받아들이기로 했다. 그것은 주홍이가 내게 남긴 교훈이자 선물이었다.

<u>3</u>

생명을 낳고 기르는 일이
한 사람의 희생이 아닌
온 우주의 축복일 수 있기를…….

주홍이, 차가운 바닥에 웅크린 소녀

작년 이맘때였습니다. 시멘트 바닥에서 혼자 아기를 낳은 소녀가 있었습니다. 물론 사람들에게 발견된 것은 선명한 핏자국과 새파랗게 질린 아기뿐이었지요. 소녀는 온데간데없었습니다. 저는 이 이야기를 텔레비전에서 보았습니다. 아주 잠깐 스쳐 지나간 이야기였습니다. 카메라가 핏자국이 남아 있는 시멘트 바닥을 몇 초 동안 비추고는 다른 화제로 넘어갔으니까요. 하지만 제 마음은 그 붉은 화면에서 딱 멈추어 버렸지요.

그날 소녀가 얼마나 무서웠을지, 왜 혼자서, 그것도 차디찬 시멘트 바닥에서 아기를 낳을 수밖에 없었는지 머릿속에 그리다 보니 저도 모르게 울음이 터졌습니다. 울면서 소녀의 이야기를 써야겠다고 마음먹었습니다. 그리고 며칠 뒤 저는 정말로 글을 썼습니다. 무작정 덤벼든 거지요. 하지만 다 써 놓고 보니 허탈해졌습니다. 소녀들이 처한 상황에 슬퍼하고 분개하기만 했을

뿐 좋은 글을 쓰지는 못한 것입니다.

처음으로 다 쓴 글을 버렸습니다. 지금 돌이켜 보면 그때 정말 장한 결심을 했다고 생각합니다. 다음에 쓴 글은 처음 쓴 것보다 확실히 나아져 있었으니까요. 좀 더 이성을 찾은 것이지요. 물론 끝끝내 버리지 못한 감정 덩어리는 아직도 고스란히 작품 속에 남아 있습니다. 덜어 내고 또 덜어 냈는데도 말이지요.

주홍이가 꿋꿋하게 살아 나가기를 바라는 독자들이 많았을 것으로 예상됩니다. 기대를 저버려 죄송합니다. 주홍이를 살리고 싶었는데, 너무너무 붙잡고 싶었는데 그러지 못했습니다. 주홍이는 맨발로 터벅터벅 가 버렸습니다. 그 점이 못내 가슴이 아픕니다.

가까운 분들께 작품을 보여 드렸더니 왜 하필 상징물로 쥐를 사용했느냐고 많이들 물으시더군요. 독자 여러분도 궁금해 하실 것 같아 살짝 공개합니다.

다 쓴 글을 버려야 겠다고 마음먹은 날이었습니다. 뜨겁게 불태우던 의욕이 한 줌 재로 돌아갔음을 인정하기는 너무 힘들었습니다. 순간순간이 괴롭고 나 자신이 그렇게 못나게 느껴질 수가 없었습니다. 저는 잠에 탐닉했습니다. 열일곱 시간을 내리 잤던 것 같습니다. 그 기나긴 꿈속에 참으로 많은 사람들이 등장해서 저를 위로해 주었지요. 그런데 난데없이 쥐가 나타나 평화롭던 꿈속마저 아수라장이 되고 말았습니다. 저 쥐를 어떻게 잡을까 궁리하다가 깼습니다. 곱씹을수록 이상한 꿈이었지요. 마치 제 무의식이 저에게 말을 걸고 있는 것 같았어요. "어리광은 그만 피워! 다시 쓰면 되잖아."라고 말이지요.

꿈에서 얻은 『쥐를 잡자』라는 제목으로 다시 글을 쓰기 시작했습니다.

낙태 전후 몸과 마음의 변화는 이름을 밝힐 수 없는 어떤 분께 큰 도움을 받았습니다. 그분의 낙태 경험을 들으며 뼛속이 시려 오들오들 떨었던 기억이 아직도 생생합니다. 그분께 고맙다는 말씀과 함께 이 말도 꼭 전하고 싶습니다. 죽은 아기들은 천사가 되었을 거라고. 그러니 부디 푹 주무시라고요.

부모님과 수많은 나의 선생님들, 그리고 기댈 곳이 없어 홀로 고군분투하는 이들에게 이 책을 바치고 싶습니다.

2007년 5월 꼭꼭 숨고 싶은 날에

임 태 희

임 태 희

1978년 서울에서 태어나 연세대학교에서 아동학을 전공했다. 2006년 청소년소설 『쥐를 잡자』로 제4회 푸른문학상 '미래의작가상'을 수상했으며, 지은 책으로 동화 『내 꿈은 토끼』, 『고민을 들어주는 선물 가게』, 『백설공주와 마법사 모린』, 『이야기 섬 의 비밀』, 『환생전』, 청소년소설 『옷이 나를 입은 어느 날』, 『나는 누구의 아바타일까』, 『정체』, 『길은 뜨겁다』 등이 있다.

푸른도서관은 10대에서 20대까지 눈부신 성장을 거듭하는 푸른 세대를 위한 본격 문학 시리즈입니다.

＊〈푸른도서관〉 시리즈는 계속 나옵니다!